Renate Dietzelt

Frau + Motorrad = eine Liebesgeschichte

Herstellung und Verlag: Books on Demand GmbH, Norderstedt
ISBN: 3-8334-4470-3

Danksagung

Hm, ich weiß eigentlich nicht so recht, bei wem ich mich bedanken sollte.

Es war ganz allein meine Idee und geschrieben hab ich es auch ganz allein, marginale Unterstützung erhielt ich in unbedeutenden Detailfragen (Sag mal, wie hieß das Kaff, wo wir ....?). Allerdings hat mein lieber Mann mich gewähren lassen, obwohl er so manches Mal alleine ins Bett gehen musste, während ich noch wild auf die Tasten einschlug, aber nachts habe ich nun mal die besten Einfälle.

Wohlwollend las er meine Ergüsse und ermunterte mich weiter zu machen, obwohl er in seinem Urteil natürlich nicht unparteiisch war – oder einfach nur abgeklärt?

In über zwanzig Jahren Zusammenleben mit mir musste er sich oft, auch manchmal leidvoll, mit meinem Eigensinn abfinden.

Sehr dankbar wäre ich allerdings allen, die mein Buch kaufen, schenken, weiterempfehlen usw. Schließlich würde ich IHM gerne noch seinen Traum von einer roten Italienerin erfüllen und die ist bekanntlich nicht billig (und das bald, der Jüngste ist er nicht mehr!), um einem unbeschwerten Ruhestand entgegen fahren zu können.

Frau + Motorrad = eine Liebesgeschichte

Worum's geht:

Eifel
Ortswechsel
Spritmangel auf der Autobahn
Weihnachten
Nürburgring
Deutschlandtour
Bullen
Sauerland
Ibiza
Odenwald
Villa /Unfall Holzminden
Eine Winterreise
MoGo
Rügen
Dresden
Griesbach
Peter
Risiko
Holland
Motorradtreffen
Nachwuchs
3. Motorrad
Völkerverständigung
Dänemark
Ostsee
Fehmarn

Wer? Ich? Kein Stück! Ja, ich weiß, das ist total in, wenn Frauen mit Öl verschmierten Händen in „Teilen“ wühlen; *die* Nägel kriegste nie wieder sauber – und außerdem habe ich keine Ahnung.

Wozu gibt es Spezies, die dafür 3 Jahre gelernt haben!

Ansonsten LIEBE ich es! Wie? Na, das Moppedfahren!

Nee, nicht im Cruiser-Modus, eher schön flott und immer etwas überm Limit (bin zum Glück noch nie erwischt worden) und vierrädrigen Schnarchlappen die Rücklichter zeigen. Wofür habe ich denn – mittlerweile – ne 600er???

Meine Lieblingspenner sind die, die es erst nicht abwarten können, aus einer Seitenstraße heraus mitzumischen um dann vor mir herzutrödeln und auch diese privaten Verkehrserzieher liebe ich, die pedantisch mit 49,8 durch geschlossene Ortschaften zuckeln, wo doch jede Blitzanlage 10% toleriert und, ich muss es leider sagen, auch wenn's Nestbeschmutzung ist, die Schlüpferpiloten.

Aber frau muss nachsichtig sein, vielleicht hat der eine oder andere Dröhner ja Bewährung und will diese nicht gefährden.

Aber das ist ja das Tolle am Motorradfahren – runterschalten, Gas geben und wech!

Außerdem habe ich aus diesem Milieu eins meiner schönsten Komplimente gehört :
„Dass 'ne Frau mit vierzig noch so'n heißen Ofen fährt ...."

War zu dem Zeitpunkt Anfang fünfzig, ging runter wie – na ja, Öl.

Nein, ich sag nicht, wie alt ich bin, sind ja nicht im Chat, wo ständig genörgelt wird „Wie alt bist du?“ und „Schickste mal ’n Pic?“

Hab anfangs gedacht, das wäre irgendein Schweinkram, besonders nachts, wenn die ganzen „lonely boys“ unterwegs sind, allerdings habe ich mir einen raffinierten Chatnamen zugelegt, auf den die Jungs abfahren, muss dann teilweise diverse Teles bedienen und dann wird’s stressig.

Aber ich schweife ab.

Zurück zum Anfang.

Ich hatte vorher nie was mit Motorrädern zu tun gehabt. Infiziert wurde ich von einem Typ, den wir bei „unserem“ Griechen kennen gelernt hatten und dies im reifen Alter von Anfang 40 (ich).

Er lud erst meinen Mann und dann mich zu einer kleinen Tour mit seiner 1300er ein. Selbige ist auch für die Sozia äußerst bequem, da die Sitzbank fast gerade ist und frau sich so stressfrei beim Fahrer ankuscheln kann. Nicht wie bei manchen Modellen, bei denen sie wie auf einem Schwebebalken hockt, ohne bequem-vertraulichen Körperkontakt.

Er feilte dann mit mir um die Kurven, dass mir Hören und Sehen verging, es war – ich finde kein anderes angemessenes Wort – einfach geil! So etwas hatte ich noch nie erlebt!

Danach brauchte ich über eine Stunde, um mich wieder einzukriegen, so begeistert war ich.

Ich beschloss, dass mein Liebster den Motorradführerschein macht.

Wir hatten dann ein Jahr lang unglaublich Spaß, obwohl ich ihm öfters die wertvollen Teile beim Bremsen platt quetschte. Das muss frau als Sozia erst alles lernen, u. a. sich rechtzeitig am Tank abzustützen. Da sind Frauen mal im Vorteil, die fahren unten ohne!

Diese neue Erfahrung (nein, nicht das Plattmachen!) kam auch wie gepfiffen, da wir beide in der viel zitierten Midlifecrisis schwelgten: hab ick schon, kenn ick schon, weeß ick schon!

Statt allabendlich im Pantoffelkino zu hocken, machten wir uns nun bei fast jeder Temperatur auf die 180er Puschen. Was haben wir geschwitzt und was haben wir gefroren!

Vor allem frieren ist sehr unangenehm.

In einem Laden für Jägerbedarf erstand ich nach einer dieser TK-Fahrten ein Teil, das aussieht wie ein Brillenetui (natürlich mit GRÜNEM Samt bezogen).

Hinein kommt eine silbrige Stange, die man vorher an beiden Enden anzündet. Das Ganze wird in der Bauchgegend platziert und erzeugt für ungefähr eine Stunde eine wohlige Wärme.

Gegen eingefrorene Hände und Füße hilft nur stündliches Aufwärmen in einer Lokalität mit heißem Tee (ohne Stoff!) und dort auf dem Klo ist auch der elektrische Händetrockner sehr hilfreich, um die Handschuhe vorzuwärmen für die nächste Etappe.

Derartiges bringt man auch nur in der anfänglichen Euphorie zu Stande, Hauptsache trockene Straße. Das Wetter wurde nur noch unter dem Gesichtspunkt Motorrad tauglich oder nicht beurteilt.

Den ersten Motorradkurzurlaub gedachten wir, in Schweden zu verbringen aus Gründen, die ich heute nicht mehr so richtig nachvollziehen kann. Den ersten Streckenabschnitt von Ahrensburg nach Puttgarden bewältigten wir trotz Anfängernervosität recht gut, es geht ja immer geradeaus.

Dann trafen wir auf das Blechdosenende, das sich vor der Anlegestelle der Fähre angesammelt hatte. Schon ziemlich frech geworden, zogen wir an der kilometerlangen Korona vorbei.

Vom Kassierer erfuhren wir eine Sonderbehandlung, wir durften uns ganz vorne vor eine der drei Warteschlangen hinstellen. So weit, so gut. Dann fiel unser Blick auf die Schiffsrampe – oh, oh! Diese war nicht nur steil, sondern glitzerte auch verdächtig in der Sonne – also nass und wahrscheinlich glitschig. Zudem hielten manche Autos auch mitten drin an, bis es im Schiffsbauch weiterging.

Bilaterale Schweißausbrüche, schließlich will man kein peinliches Schauspiel abliefern. Unsere Fuhre wog so ca. 350 kg und das auf einer vorschriftsmäßig auf 27 PS gedrosselten Maschine und mit einmonatiger Fahrpraxis.

Warum wird so was nicht in der Fahrschule geübt??? Anfahren am Berg – haha.

Der Kassierer winkte auch schon ungeduldig, trotzdem beschlossen wir, zu warten, bis die Rampe frei war und wir in einem Rutsch hochbrettern konnten. Das gelang dann auch und auch das Manövrieren auf dem ebenso schmierseifenglatten Schiffsboden nebst Anbinden des Moppeds an der Schiffswand, falls wir auf schwere See treffen sollten. Wessen Idee war das mit Schweden gewesen?

Das Touren dort war dann ganz nett mit viel Gegend, aber sonst nicht aufregend.

Einmal wären wir fast im Graben gelandet, aber dafür haben wir auch keinen einzigen Elch gesehen. Musste auch nicht sein, wenn man die Storys der Einheimischen hörte von Zusammentreffen der unangenehmen Art mit dieser Spezies.

Nach diesem Jahr, in dem wir ein neues gemeinsames Hobby entdeckt hatten, beschloss ich, zur so genannten SFin (Fachjargon in den Kontaktanzeigen der Motorradblättchen, siehe Anhang) zu werden.

Mein Mann war dagegen, er wollte sein „Päckchen" nicht verlieren – und zugetraut hat er es mir wohl so wie so nicht.

Ich muss gestehen, ich tat mich schwer! Mein Fahrlehrer, Klaus, fuhr schon seit Kindertagen Motorrad und konnte die Probleme einer reifen Dame nicht unbedingt nachvollziehen.

In der ersten Fahrstunde ging's gemeinsam auf der Fahrschulmaschine zum Übungsplatz und ich versuchte, meine Arme um seinen Bierbauch zu schlingen. Ein paar Kurven wurden von ihm flott in Schräglage genommen und er stellte zufrieden fest, dass ich schon mal keine Angst hatte.

Die stellte sich jedoch schlagartig ein, als ich mich allein auf das Bike setzen sollte, um Übungen wie Kreise fahren, Hütchen umkurven, („nein, nicht gegen den Betonpfeiler!"), Beschleunigen und Bremsen, letzteres mit Vorder- *und* Hinterradbremse gleichzeitig in Feinstabstimmung, in Angriff zu nehmen.

Im Bett hatte ich zwar, begleitet von ehemännlichen Ratschlägen, schon mal Trockenübungen gemacht (Kupplung ziehen mit der linken Hand, rechts ein bisschen Gas geben, Kupplung – gefühlvoll, gefühlvoll! – kommen lassen, aber die Realität sah doch etwas anders aus und dazu noch diese ganze Technik unter mir, die auf jede meiner Regungen plötzlich und unerwartet reagierte.

Ich kam mir vor wie beim Rodeo. Pferde merken ja auch sofort, wenn der Reiter keine Ahnung hat. Mir wurde klar, der Begriff Pferdestärken kommt nicht von ungefähr.

Es gelang mir, ein paar Meter zu fahren, bis ich sie abgewürgt hatte. Mist, unterschied sich doch mächtig vom Auto fahren. Vor allem die Synchronisierung aller erforderlichen Tätigkeiten fiel mir schwer.

Manchmal dachte ich, das lernst du nie, und spielte mit dem Gedanken aufzugeben, aber ich wollte es doch unbedingt selber können!

Einige Fahrstunden später musste/konnte/durfte ich, ganz schlüssig war ich mir darüber noch nicht, selber von der Fahrschule aus zum Übungsplatz fahren, er im Auto hinter mir her, um mich über Funk daran zu erinnern, andere Verkehrsteilnehmer nicht in Lebensgefahr zu bringen.

Wenn ich zur Fahrschule kam, hoffte ich inständig, dass die Maschine *nicht* in Fahrtrichtung vor der Fahrschule von einem Leidensgenossen abgestellt worden war. Das bedeutete nämlich, dass ich wenden musste, um durch den oft lebhaften Verkehr über zwei Fahrbahnen hinweg auf die andere Seite zu gelangen. Da bei mir noch keine Abstimmung zwischen Kuppeln und Gasgeben vorhanden war, bockte das Motorrad unter mir wie wild und ich war schon schweißgebadet, bevor es überhaupt richtig losging.

Eines Tages nahm ich allen Mut zusammen und fragte Klaus, ob es nicht machbar sei, die Maschine auf der anderen Straßenseite in Fahrtrichtung Übungsplatz für mich bereit zu stellen, zumindest, so lange ich noch die absolute Anfängerin war.

Staunend blickte er mich an. Da wurde er mit einem meiner Probleme konfrontiert, von denen er gar keine Ahnung gehabt hatte und das er auch nicht als solches erkannt hatte. Na ja, siehe ganz weit oben.

„Ja, klar, kein Thema, warum hast du denn nicht schon eher was gesagt?“ lautete seine, wie ich fand, etwas süffisante Antwort.

An einem bitterkalten Tag scheuchte mich Klaus 5 (in Worten: fünf) Stunden lang über die Landstraßen, er wie immer gemütlich im Auto hinterher. Der Sinn dieser Aktion erschließt sich mir bis heute nicht, war wohl nur sinnhaft für sein Portmonee (das schreibt man jetzt so, man muss nicht mehr auf Geldbörse ausweichen, ha, ha).

Zu der Zeit hatte ich noch meine ledrige Erstausstattung und natürlich beim Erwerb alles falsch gemacht; z. B. waren die Ärmel viel zu weit, so dass es trotz diverser Pullover ordentlich durchzog und man mich zum Schluss von dem Teil heben musste, so steif gefroren war ich.

Später lernte ich, dass frau die Hose *in* die Stiefel stecken muss, auch wegen Durchzug.

Die Fahrschulmaschine war eine rote japanische Marke und irgendwie hatte die Farbe mich immer nervös gemacht.

Inzwischen besuchte ich jede Motorrad-Messe und saß zaghaft Probe, meist auf Choppern, und hatte immer Angst, sie umzuschmeißen und mich zu blamieren.

Eigentlich wusste ich gar nicht, was ich kaufen sollte, denn bis dato hatte ich Motorrad mit Goldwing assoziiert, keine Ahnung, warum. Unschlüssig studierte ich geheimnisvolle Kürzel wie CBR, XX, ZZR, GSF, YZF ...

Ich suchte natürlich auch einen Händler auf, u. a. Motorrad Pabst in Hamburg.

Thorsten ermunterte mich : "Setz dich doch mal auf die Blaue da hinten!"

Königsblau – eine meiner Lieblingsfarben.

Wow, das war ja schon ein richtiges Motorrad, eine 400er, Marke „Hauptreisfeld" (siehe Anhang)!

Ich schwang mich also elegant auf den Sattel, und siehe da – passte!

Love at first sight! Der Preis war auch o.k., da gebraucht; der Zustand I a. Mit der habe ich dann die restlichen Fahrstunden bestritten – gegen den anfänglichen Widerstand meines Fahrlehrers. Versicherungstechnisch hatte ich das aber geklärt und mein Mann hat sie immer hingebracht und wieder abgeholt. Mit ihr ging es dann auch etwas aufwärts mit meinen Fahrkünsten; muss wohl doch an der Farbe gelegen haben, rot macht ja bekanntlich aggressiv.

Nach nächtelangem Studium der 32 Theorie-Bögen à 4 Seiten wachte ich eines Morgens auf und fühlte: es ist der Tag für eine theoretische Prüfung und zack – bestanden!

Mein Herzblatt war übrigens beim ersten Mal durchgefallen und ich konnte mich einer gewissen Schadenfreude nicht erwehren. Eigentlich bin ich nicht so veranlagt, aber diese lässige Grundeinstellung: fahre seit über 30 Jahren Auto und außerdem bin ich ein Mann, reich mal rüber den albernen Prüfungsbogen, ging mir doch in die Nase.

Weiter mit der Praxis.

Mich wundert heute noch, dass ich nie einen Unfall verursachte – Gelegenheiten schuf ich genug! Fragen über den im Helm installierten Kopfhörer wie „Bist du lebensmüde???“ waren nicht selten.

Nur mein Fahrlehrer und ich wissen, wie viele Stunden ich brauchte, bis ich endlich zur Prüfung losgelassen wurde.

Ich hatte mir vorher eine halbe Valium reingeschmissen, denn wenn ich aufgeregt bin, kriege ich nix auf die Reihe.

An der Fahrschule ging's dann los, ich angetan mit der Fahrschulweste, er hinterher im Auto mit einer Frau neben sich. Ich dachte, das ist die Prüferin.

Nach ca. 20 Minuten Fahrt kontaktierte er mich über das verdammte Mikro (wie hatte ich das gehasst. Durch selbiges kamen auch immer so Fragen wie „Warum machst du das???“ und ich konnte ja nicht Stellung dazu nehmen, nur hilflos mit den Schultern zucken; sehr einseitig, diese Kommunikationsform), dass er zurückmüsse, weil er die Hütchen für die Übungen vergessen hatte und ich sollte dort am Straßenrand warten.

Na und, ich war die Ruhe selber.

Er tauchte nach einer Ewigkeit wieder auf, weiter ging's durch mir unbekannte Stadtteile und dann dirigierte mich auf einen Parkplatz. Dort forderte er mich auf, die Weste auszuziehen.

Na toll, durchgefallen, dachte ich.

Aber nein, jetzt ging's erst richtig los mit dem echten Prüfer, die Frau saß jetzt hinten im Auto und war selber ein Prüfling!

Aber mich konnte nichts erschüttern, bin wie in Trance gefahren, Autobahn rauf und wieder runter, quer durch die Stadt zu dem Riesenparkplatz vor dem Volksparkstadion, der auch als Übungsplatz herhalten muss, und brav alles gezeigt, was ich drauf hatte.

Beschleunigen, abbremsen, Hütchen umfahren, das ganze Programm.

Dann war's vorbei und der Prüfer verlangte meinen Führerschein. Wie jetzt?

Mein Lieblingsfahrlehrer hatte auch vergessen, mir zu sagen, dass ich den zur Prüfung mitbringen müsse zwecks Lochung an der Stelle „I a". Oder hatte er dieses Detail vernachlässigt, weil er sich einfach nicht vorstellen konnte, dass ich bestehe?.

Ich hatte es tatsächlich auf Anhieb geschafft!

Das Dreiergespann wollte nun los, um auch die Frau im Auto einer Prüfung zu unterziehen. Ich sollte also dort warten, denn ich durfte ja noch nicht allein losjuckeln.

Noch ganz taumelig vor Glück vereinbarte ich mit dem Prüfer am nächsten Morgen um 7:00 ein Treffen, um meinen Lappen auf den neuesten Stand zu bringen, zumal wir demnächst in den Moppedurlaub starten wollten.

So stand ich dort in mittlerweile sengender Hitze allein auf weiter Flur (auf diesem Übungsplatz, den ich in gaaanz schlechter Erinnerung hatte. Einmal sollte ich im Stand den Lenker scharf einschlagen und losfahren, habe sie prompt umgeschmissen. In meiner Panik riss ich sie wieder hoch, mit Hilfe von Klaus, wie ich vermutete, da meine

Sicht durch den Helm nach hinten etwas behindert war. Geschockt fragte ich ihn, wie ich sie denn wieder aufrichten könnte, wenn ich allein unterwegs wäre. Er guckte mich verständnislos an und eröffnete mir, dass ich das doch eben auch allein geschafft hätte! Ich war von den Socken – Panik erzeugt also ungeahnte Fertigkeiten.) und dachte fieberhaft nach.

Ich nahm an, dass die drei wieder dorthin zurückkehren würden und ich bis dahin irgendwie meinen Führerschein an Land ziehen musste.

Ich beschloss, meinen Mann anzurufen, damit er ihn mir bringt.

In weiter Ferne winkte eine einsame Telefonzelle, auf die ich schwitzend losmarschierte. Super – Kartentelefon und ich hatte keine.

Neben der Zelle stand ein riesiger Müllwagen, die Müller machten gerade Pause. Ich glaubte, die hätten irgendwie Funk und könnten mit dem Rest der Welt Kontakt aufnehmen, deshalb schilderte ich ihnen mein Problem und ob sie nicht mal meinem Mann Bescheid sagen könnten. Durften sie aber nicht trotz aller Anteilnahme.

Enttäuscht trottete ich wieder zu meinem Bike zurück. Plötzlich lautes Gehupe – die Müller fuhren wild gestikulierend heran.

Ihr Vorschlag: ich könnte mit zur Deponie um die Ecke fahren, von dort aus könnte ich anrufen. Und so kam es, dass ich in einem Müllwagen mitfuhr, eine ganz neue Perspektive auf die Straße!

Ich erreichte dann auch meinen Liebsten, der erst nicht glauben wollte, dass ich bestanden hatte, und sich dann vor lauter Aufregung nicht mehr an den Weg zum Übungsplatz erinnern konnte.

„Ist mir sch...egal, wie du herkommst, nimm ein Taxi, aber komm her, mit meinem Lappen!!!!"

Das klappte dann auch, wer aber nicht zurückkehrte, war der Prüfer; der war unterwegs bei seinem Auto abgesetzt worden. Die ganze Aktion umsonst.

Immerhin durfte ich *hinter* dem Fahrschulauto nach Hause fahren, der erste Geschmack von Freiheit!

Am nächsten Morgen wachte ich schon um 5:00 Uhr ohne Wecker auf, um ja nicht mein Date mit dem Prüfer zu verpassen.

Übrigens ist mein Herzblatt nicht nur beim ersten Mal durch die Theorie gerasselt, sondern auch durch die erste praktische Prüfung, kein Wunder bei *seinem* Fahrlehrer!

Ein etwas älterer Herr, der selber nix mit Mopped fahren am Hut hatte, aber auf diese Einnahmequelle auch nicht verzichten wollte. Keine Ahnung, wie mein Rocker in spe ausgerechnet auf den gekommen war, vermutlich, weil er seine „Schule" in der Nachbarschaft betrieb. Seinen Fahrlehrer sollte man allerdings nach anderen Kriterien und sehr sorgfältig aussuchen.

Am Nürburgring kam ich mal mit einem der Instruktoren ins Gespräch; neben seiner Fahrschule bildete er auch andere Fahrlehrer speziell für Motorrad aus. Den hätte ich gerne gehabt!!!

Also vor der Anmeldung nach solch speziell geschulten Lehrern Ausschau halten (Internet)!

Trotzdem bewunderte ich ihn (Herzblatt), denn seine erste Fahrstunde fand an einem Freitag mitten in der Rush Hour bei Nieselregen statt und der zweite Gang wollte nicht so recht mitmachen. Er erinnerte sich aber an die Zeiten, als er mit seinem Käfer noch Zwischengas geben musste.

Nachdem ihm also eröffnet worden war, dass er durchgefallen sei, wollte er wissen, warum. Er hatte eigentlich nichts falsch gemacht.

Die Antwort seines Fahrlehrers: „Herr Dietzelt, Ihnen steht Ihr Intellekt im Weg."

Ja, das hat er wirklich gesagt!! Auch an der Siezerei kann man unschwer erkennen, dass das nicht dessen Welt war. Für mein Herzblatt brach diese allerdings zusammen:

1. war sein Ego schwer beschädigt,
2. wartete seine neue Maschine in der Garage und
3. war super Moppedwetter und wir hatten schon ein bisschen geplant ...

Muss man eigentlich blöde im Kopf sein, um gut Motorrad fahren zu können????????

Nun, wir haben es ja dann doch beide trotz Fahrschule geschafft!

Aber Straßenschilder, die lernt man in der Fahrschule zum Erbrechen, z. B. das für Überholverbot (aus dem Jahr 1939!) Wie bekannt, darf das Mopped nicht das Auto, aber umgekehrt schon, was für ein überholter Schwachsinn! Die Motorräder sind seither so schnell geworden, da ist so eine Blechdose kein Thema mehr, aber dem wird nicht Rechnung getragen.

Ein Moppedfahrer ist deswegen mal bis vor den obersten Gerichtshof gezogen – und hat verloren!

Allerdings regeln sich manche Dinge auch von allein. Mir ist aufgefallen, dass in den letzten Jahren Autofahrer (allerdings nicht die Mercedesfahrer, die haben anscheinend ein Problem damit. Vielleicht hatten sie eine schwere Kindheit, man weiß es nicht), vor allem auf der Autobahn im Stau, in ihrer Spur so viel Platz geben, dass man mühelos dazwischen durchfahren kann. Finde ich echt partnerschaftlich, dafür gebe ich meinerseits auch PS-schwachen Hutschefideln die Chance, einen Überholvorgang nicht nur einzuleiten, sondern auch durchzuführen.

Eifel

3 Wochen nach meinem überraschenden Erfolg im ersten Anlauf fuhren wir nunmehr auf 2 Maschinen los, ich mit 27 PS, was ich aber schon recht flott fand, außerdem fuhr *sie* immer noch mit mir und nicht umgekehrt.

Vorne Tankrucksack, hinten Gepäckrolle festgezurrt.

Oh ja, ich hatte schon gelernt, mit wenig Gepäck zu reisen und nur Sinnvolles einzupacken. Kosmetik- und Körperpflege in Minigrößen und das Slip-Problem mit diesen wahnsinnig praktischen Einlagen gelöst, so kann frau wochenlang mit einem einzigen auskommen. Ich hatte schon Papierslips (ja, so was gibt es!) ausprobiert – gruselig vom haptischen und vor allem optischen Aspekt her, trotz der Blümchen. Sooo lange waren wir auch noch nicht zusammen, als dass ich ihm diesen Anblick hätte zumuten wollen.

Wohin? Na, in die Eifel natürlich!

Daran erkennt man meine Naivität. Ich wohne im platten Norden und es war hier schon schwierig gewesen, eine Stelle zu finden, an der frau „Anfahren am Berg“ üben konnte.

Anfangs ging auch alles gut, bis ich auf die erste Spitzkehre meines Lebens traf.

Die Voraussetzungen waren erstklassig – noch feuchter Einserlappen, 27 PS, ich zwischen dem ganzen Gepäck und Puls auf 250.

Irgendwie bin ich im Schritttempo durchgeeiert, es war grauenhaft und es war auch nicht die letzte Kehre.

Den Rest gaben mir Steigungen von 17% und entsprechendes Gefälle, schon die Optik ließ mich schwindelig werden. Abends war ich total fertig und hatte eine realistischere Vorstellung von der Streckenführung in der Eifel.

Am nächsten Tag ging es etwas humaner zu und ich schöpfte neue Hoffnung. Auf sanften Kurven schwang ich, einen Walzer summend, dahin ...

... bis zum nächsten Rastplatz, wo mein, wie ich glaubte, mir liebevoll zugetaner Gatte schon auf mich wartete. Ja, eine Rauchpause, gute Idee.

Lächelnd rollte ich neben ihm aus, da bellte es aus seinem Helm:

"Was ist los mit dir? Keine Lust heute, oder was?????"

Das war nicht unser erster gemeinsamer Urlaub mit allen Tiefen und Höhen, die 24-stündiges ungewohntes Aufeinanderhocken so mit sich bringen, aber in diesem Urlaub wollte ich mich scheiden lassen! So eine Gemeinheit!

Statt mich liebevoll als Rookie unter die Fittiche zu nehmen und mich in die Geheimnisse dieser Sportart einzuweihen nun das.

Stinksauer warf ich den Ofen wieder an und düste los, Durchschnittsgeschwindigkeit so um die 100 (nicht vergessen, blutige Anfängerin in der Eifel!).

Wer wütend ist, kann nicht gleichzeitig Angst haben, alte Therapeutenweisheit.

Der männliche Kommentar abends in der ländlichen Pension: „Na also, geht doch!“

Ignorant, was hätte alles passieren können, aber ich hatte ja Therese dabei.

Ich wurde übrigens immer vorgeschickt um nach einem Zimmer zu fragen und bestand jedes Mal den Check von oben nach unten.

Die Pension befand sich mitten in der Walachei und nachdem wir mit dem Wirt ein paar Schnäpschen ausgetauscht hatten, wurde dieser für einen Eifler richtig gesprächig, im Prinzip erfuhren wir seine Lebensgeschichte, dass er eigentlich zur See hatte fahren wollen (daher die nicht so in die Gegend passenden Ölschinken von der Nordsee) oder auch Tenor wäre in Frage gekommen. Davon erhielten wir eine Kostprobe und wir mussten ihm ein gewisses Naturtalent zugestehen. Mein Mann ist aus der Musikbranche und kann das beurteilen.

Außerdem war Helmut Ehrenmitglied der Hell's Angels, was ich ihm dem Äußeren nach nicht unbedingt zugetraut hätte.

Eine Gruppe von 20 wilden Kerlen kam einmal vor seine Tür gefahren und suchte dringend ein Nachtlager, da sie überall abgewiesen worden waren.

Helmut fand sie nicht so übel wie ihren Ruf und räumte seinen auf dem Land obligatorischen "Festsaal für 50 Personen" – der Charme dieser Räumlichkeiten ist allgemein bekannt –, wo sie ihre Schlafsäcke ausbreiten konnten.

Aus lauter Dankbarkeit ernannten sie ihn zum Ehrenmitglied, worauf er offensichtlich sehr stolz war.

Derartige mitmenschliche Begegnungen sollten wir im Laufe der nächsten Moppedurlaube noch mehr erleben und das ist auch etwas, was ich an dieser Fortbewegungsart so liebe.

Als Autofahrer geschweige denn Holzklassetouristen hatten wir Derartiges nicht im Gedächtnis.

Typische Szene an der Tankstellenkasse: vor mir wird eine Schlange Autofahrer wortlos abgefertigt. Dann ich in Lederkluft und es ergeben sich Gespräche wie „Hallo! Ist es heute nicht zu kalt / zu heiß (je nach Jahreszeit), zu was auch immer? Gute Fahrt!"

Am nächsten Tag trafen wir auf einer Anhöhe ein Pärchen, auch nicht mehr so ganz jung, auf einem Chopper und kamen ins Plaudern.

Sie machte einen etwas aufgekratzten Eindruck und ich dachte, das kommt sicher von dem unvergleichlichen Erlebnis einer Motorradtour.

Wie sie mir aber gestand, hatte sie fast eine ganze Flasche Wein intus, ohne wäre sie freiwillig nie hinten draufgeklettert! Auf einen Chopper! Hinten!

Ich zog kurzfristig in Erwägung, auch mal derartig vorbereitet loszubrettern, vielleicht fährt es sich dann relaxter?

Aber nein, da musste ich ungedoped durch.

„Du musst das Ding mehr drehen!“

Häh??? Männerjargon!

In einem langen, vertraulichen Gespräch verklickert er mir, dass ich zu untertourig fahre, ich soll in den einzelnen Gängen höhere Drehzahlen erreichen.

Hm, mir tut immer der Motor so leid, er heult dann so schrill auf und es widerstrebt mir, ihn so hochzujubeln.

Aber auch ein Zweiradmechaniker versicherte mir, dass das o.k. ist. Zum einen entfaltet sie erst dann ihre ganze Leistungspalette, zum andern verbrennt der Motor sauberer, was gut für ihn ist.

Ich versuchte aus Vernunftgründen, mich daran zu halten, aber es ging mir lange gegen den Strich.

Ortswechsel

Der Besitzer unserer nächsten Unterkunft in H. räumt seine Garage, damit wir unsere Moppeds sicher unterstellen können. O-Ton: „In letzter Zeit kommt so viel Gesocks aus dem Osten rüber .....“ Wir sind gerührt wegen seiner Umsicht, bis wir den Posten „Garage DM 5,-- “ auf der Rechnung finden.

Ich möchte mal kurz für nicht Eingeweihte auf die Schreibweise „Mopped“ eingehen.

Im Gegensatz zum Kleinkraftrad Moped ist ein Mopped ein ausgewachsenes Teil ab 125 ccm aufwärts und darf auch nur von den Besitzern so tituliert werden. Aus dem Munde eines der restlichen Welt zugehörigen Lebewesens wird es als Beleidigung aufgefasst.

Die nächste Rast fand am Rursee statt, wo schon ein Örtlicher herumlümmelte. Kritischer Blick auf unsere Hinterreifen: “Ihr seid wohl aus Norddeutschland?“

„Äh, ja, wieso????“

Vergleich mit seinen Puschen – bei uns zuviel Profil an den Seiten, wie peinlich, hätten vorher doch mit ein bisschen Sandpapier nachrüsten sollen.

Da fällt mir noch eine Begebenheit an einem See im süddeutschen Raum kurz nach der Wende ein.

Ein Rentner (der äußeren Erscheinung nach jedenfalls) beäugte unsere Nummernschilder und fragte allen Ernstes: „Kommt ihr aus Ostdeutschland?"

Das wurde von meinem Liebsten mit ausdrucksloser Miene bestätigt.

Unsere Kennzeichen lauten OD- xx xx! Haben uns schlapp gelacht.

Spritmangel auf der Autobahn

Als Anfängerin war ich mit technischen Dingen noch nicht so vertraut, nur happy, so vor mich hinfahren zu können.

Ein heißer Tag auf der Autobahn, die Tankuhr neigt sich bedenklich gegen 0.

Hase macht das Zeichen für Tanken und zum Glück verheißt ein Schild diese Möglichkeit in 3 km Entfernung.

Da wird mein Mopped immer langsamer, und langsamer und ... Jetzt ganz cool bleiben.

Kreisch, was mach' ich bloß!

Hase ist natürlich schon wieder über alle Berge.

Wir rollen auf dem Standstreifen aus, meine Blaue und ich, und dann geht sie aus.

Da fällt mir der Reservetank ein, ja klar, einfach umschalten und weiter geht's.

Startversuch – nix passiert. Nur keine Panik! Das war doch auch in der Theorieabteilung der Fahrschule besprochen worden, was man in einer Notsituation auf der Autobahn zu tun (und zu lassen) hat. Wozu gibt es diese segensreiche Erfindung Notrufsäule.

Ich sehe auch eine und trotte hin und bediene so was zum ersten Mal in meinem Leben.

Da meldet sich tatsächlich ein Mensch und ich versuche, ihm meine Lage und meinen Standort zu schildern.

Ein gelber Engel wird kommen, ich soll beim Motorrad warten.

Während ich zurücktrotte (wie gesagt, es war heiß!) erkenne ich eine Figur bei meiner Blauen.

Hase?

Nein, ein älterer Moppedfahrer wollte mal nach dem Rechten sehen.

„Na, Mädel! Was haben wir (wie im Krankenhaus) denn für ein Problem?“

Ich heule fast vor Erleichterung und schildere ihm, was vorgefallen ist.

Er tritt ans Mopped, dreht den Zündschlüssel – und startet die Maschine!

Kann nicht wahr sein!

Ich falle ihm um den Hals und mache mich auf Richtung Tankstelle.

Unterwegs kommt mir auf dem Standstreifen eine Gestalt entgegengewankt.

Hase!

Fröhlich winkend fahre ich an ihm vorbei und schnalle in letzter Sekunde, dass er ja zu Fuß ist und ich wohl besser anhalte!

War auch gut so, denn ER war stinksauer!

Auf der Tanke hatte er auf mich gewartet und sich Sorgen gemacht, wo ich bleibe und sich (es war heiß!) auf die Socken gemacht, um mich zu suchen.

Er konnte es gar nicht fassen, dass ich fast an ihm vorbeigefahren wäre.

Wir sind dann natürlich zusammen auf meiner Maschine zur Tankstelle gefahren, wo ich als erstes den Engel abbestellte.

Seitdem taste ich ab und zu während der Fahrt nach dem Umschalthebel um zu üben, weil ich über den Winter manchmal vergesse, wo sich das Ding befindet.

Man muss das nämlich *während* der Fahrt machen, sonst passiert o. G.!

Falls jetzt detaillierte technische Fragen im Raum stehen, kann ich auch nicht helfen.

Hat irgendetwas mit abwarten und ansaugen zu tun.

Mir fällt zu dem Thema noch ein Witz ein:

Die junge Nonne, Schwester Maria, ist auf dem Weg zu einem Pflegebedürftigen, als ihr das Benzin ausgeht. In der Nähe ist zwar eine Tankstelle, aber der einzige Kanister ist verliehen.

Sie geht also zum Wagen zurück und da sie nicht auf ein Wunder warten will, durchsucht sie ihn nach einem Behälter und findet eine Bettpfanne. Damit marschiert sie wieder zur Tanke und holt Benzin. Während sie so den Treibstoff aus der Bettpfanne in den Tank ihres Wagens einfüllt, wird sie von zwei Männern beobachtet. „Mann“, sagt der eine zum anderen, „wenn das funktioniert, werde ich katholisch!“

Ich bin dann doch ohne Scheidungsabsichten wieder wohlbehalten zu Hause gelandet. Stattdessen nahm ich mir vor, es dem Alten zu zeigen.

Ursprünglich wollte ich mit einem Coach heimlich üben, um ihn bei der nächsten Ausfahrt abzuledern.

Aber irgendwie kam immer was dazwischen und dann war die Saison zu Ende.

Im Frühjahr beschloss ich, bei einem eintägigen Trainingskurs mitzumachen, 35 km entfernt in einem Industriegebiet.

Es ließ sich alles ganz gut an, bis die Übung „Bremsen auf einem unbefestigten Sandweg" drankam. Beim fünften Versuch wollte ich es besonders gutmachen – und legte mich ordentlich hin.

Ich sah aus und das Mopped sah aus, der Spiegel abgebrochen und mein rechter Knöchel tat höllisch weh. Die Jungs waren echt lieb und schafften kühlende Tücher heran, die ich in den Pausen um meinen Fuß wickelte.

Ich wollte unbedingt weitermachen, laufen konnte ich zwar kaum, aber fahren ging. War ja „nur" der rechte Fuß; der spielt später noch mal 'ne kleine Rolle.

Auf dem Weg nach Hause fehlte mir mein Rückspiegel doch sehr.

Als ich in unsere Auffahrt einbog, kam mir mein Liebster freudestrahlend entgegen.

Die Worte „Na, war's schön?“ blieben ihm bei meinem jämmerlichen Anblick im Hals stecken.

Was übrigens in der Fachliteratur und bei solchen Trainings vernachlässigt wird (anscheinend haben Männer damit kein Problem) ist die Frage, wie parke ich mein Motorrad sinnvoll. Wenn frau sich, so wie ich, davor drückt, Schieben zu üben, will das gut überlegt sein, denn frau muss ja auch wieder rauskommen, wie bekannt ohne Rückwärtsgang. Mir war es in Hamburg passiert. Hocherfreut hatte ich eine Parklücke entdeckt und ohne weiter nachzudenken das Bike mit dem Vorderrad Richtung Bürgersteig abgestellt. Als ich wieder losfahren wollte, musste ich feststellen, dass die Fahrbahn zum Bordstein hin ziemlich abfiel. Ich saß da also auf dem Bock, der immerhin ein Leergewicht von 180 kg hat, und bekam ihn nicht rückwärts herausgedrückt. Einen jungen Mann, der gerade vorbei kam, bat ich, mir zu helfen und hinten mal kurz zu ziehen. Ob man's glaubt oder nicht – er schüttelte den Kopf und ging einfach weiter!

Wut verleiht bekanntlich ungeahnte Kräfte und schließlich gelang mir das Manöver. Also ruhig Zeit lassen bei der Auswahl und Beurteilung der Abstellmöglichkeiten (oder schieben lernen).

Eine andere Frage, die frau sich stellen sollte, ist: mit *wem* fahre ich als Anfängerin durch die Gegend? Ehe-/Lebenspartner sind da nicht die Antwort! Meistens gibt es Zoff, da die Herren nicht die nötige Geduld und Sensibilität mitbringen. Ich hatte das große Glück, dass sich ein Motorradkumpel bereit erklärte, diese Aufgabe zu übernehmen und denke noch oft voller Dankbarkeit an ihn. Die meiste Zeit hat er damit verbracht, in den Rückspiegel zu gucken, ob ich noch da war und im negativen Fall auf mich zu warten. So richtig Spaß hat es ihm sicher nicht gemacht!

Auch meine Initiative, auf eine Kontaktanzeige in einer bekannten Motorradzeitschrift zu antworten, erwies sich als Fehlschlag.

Ich rief die Frau jedenfalls an und wollte mich für den Sonntagnachmittag mit ihr verabreden. Theoretisch passte alles ganz gut: sie war ungefähr in meinem Alter, fuhr eine ähnliche Maschine und wohnte fast um die Ecke.

Als es um die Uhrzeit unseres Treffens ging, teilte ich ihr mit, dass ich für meinen Gatten noch kochen müsse und dann Zeit hätte. Eine halbe Stunde später klingelt's Telefon: Sie will sich nicht mit mir treffen, weil ich verheiratet bin. Wie bidde?????

Nach einigem Gedruckse und Angedeute rückt sie damit heraus, dass sie lesbisch ist. Na und?

Ich wollte doch nur Motorrad fahren.

Trotzdem – sie habe gerade eine unglückliche Beziehung mit einer Ehefrau hinter sich und wolle sich dem nicht noch einmal aussetzen. Ich bekam also nicht einmal eine Chance, vielleicht wäre ich überhaupt nicht ihr Typ gewesen. Ich glaub', Dykes stehen gar nicht auf mich, bin jedenfalls noch nie von einer angebaggert worden, wahrscheinlich bin ich denen zu fremdstoffig (heterogen lt. Duden).

Nachdem meine CB1 wieder repariert war, entdeckte ich in einem Fachblatt eine Verkleidung für sie, war gerade neu auf den Markt gekommen. Nein, dieses Blau!

Da wir gerade gut bei Kasse waren, wurde sie bestellt. So ummantelt war sie noch schöner, fand ich, auch wenn gewisse Fraktionen gerne über Joghurtbecher lästern. Immer noch besser als der Anblick mancher 8x4 Typen (nie wieder Achselschweiß), die sollten sich mal von hinten sehen! Die Briten bezeichnen das feinsinnig als Ape Hanger.

Jetzt konnte ich mich ganz entspannt bei 160 hinter die Scheibe ducken und hatte nach längeren Ausritten keine Beschwerden mehr mit der Halswirbelsäule.

Ich muss gestehen, ich hatte sie verbotenerweise inzwischen „aufmachen“ lassen (machen sie doch alle), um die satten 55 PS zu erleben.

Neues Lederzeug wurde benötigt. War die Erstausstattung noch unter dem Aspekt „chic und sexy“ erworben worden, musste jetzt was Vernünftiges her. Ich glaube, es gab in ganz Hamburg keine Kombi, die ich *nicht* anprobiert habe. Entweder passte sie oben herum und dann unten nicht oder umgekehrt. Aber schließlich wurde ich fündig.

Ich brauchte auch passende Stiefel, da es sinnvoller ist, die Hose *in* die Stiefel zu stecken, ansonsten pfeift es unangenehm die Beine hinauf (und ich hatte mich immer gewundert, trotz 3 Paar Strumpfhosen und Skisocken immer noch zu frieren – Anfängerfehler!)

Angeblich sollten sie wasserdicht sein; das habe ich getestet und mich damit in die Ostsee gestellt – stimmt!

Und auch beim Pilze suchen in Schweden (Bericht kommt noch) taten sie gute Dienste beim Durchstreifen dorniger Büsche und Brennnesseln. Allerdings haben sie dabei auch etwas gelitten, aber so sehen sie nach einem langen und gefährlichen

Bikerleben aus und nicht, als käme frau eben aus dem Laden.

Ach ja, und ich fahre damit auch Motorrad.

Die Wahl der Handschuhe sollte frau nicht vernachlässigen, abgesehen von Sommer- und Winterexemplaren. Abriebfest und vor allem wasserdicht müssen sie sein.

Die anfänglichen Fehlkäufe bevölkern geradezu unseren Moppedschrank.

Es ist sowieso ein eigener Aufbewahrungsort erforderlich für die ganze Ausstattung, und das für zwei.

Den Schrank hatte ich mal einem Bauern aus dem Kreuz bzw. Dachboden geleiert und musste dafür meinen ganzen Charme aufbieten. Das war allerdings kurz bevor auch die Landbevölkerung schnallte, dass „Omas altmodischer Kram“ (inzwischen durch gediegenen Gelsenkirchener Barock in der guten Stube ersetzt) in anderen Bevölkerungskreisen hoch im Kurs stand.

Gut, es ist keine Antiquität, aber ein solider Kiefernschrank, wohl so 90 Jahre alt.

Mühevoll habe ich ihn abgebeizt, geschliffen und gewachst und jetzt ist er ein kleines Schmuckstück.

Nicht zu vergessen ein guter Helm, auch Mütze oder Zwiebel genannt. Natürlich Integral – bei den Spitzengeschwindigkeiten, die ich so hinlegte!

Übrigens, absolut albern finde ich ja diese Fahrradhelme, die sehen total daneben aus und was nützen sie, wenn man so richtig auf die Fr...... ähm Nase fällt? Da ist doch das halbe Kinn weg!

Und wer fällt schon genau auf seine Fontanelle????

In einem amerikanischen Staat, ich glaube Montana, wurde die Helmpflicht wieder abgeschafft, wohl aus rein kommerziellen Gründen um Oben-ohne-Fans anzulocken.

Dort können die Harley-Fahrer wieder ihre Mähnen und Bärte flattern lassen. Ist vielleicht auch schöner anzusehen als das, was sich hierzulande diese Fraktion teilweise auf den Kopf stülpt; erinnert mich oft an Küchenutensilien: „Muttern, brauchste heute deine Salatschüssel?“

Weihnachten

Weihnachten nahte und die bange männliche Frage: was schenke ich bloß?

Zum Scherz schlug ich meinem Liebsten vor, mir ein Motorrad zu schenken, eine große Schleife würde da reichen, entsprechendes Papier wäre nicht nötig (er hasst die Einpackerei und stellt sich auch etwas ungeschickt an).

Heilig Abend – das ist kein Versprechen, das ist ein Schlachtruf!

Ich erhalte von ihm einen dubiosen Umschlag und ziehe einen Prospekt heraus. Nanu?

Gutschein für eine Woche Wellness in Timmendorf?

Nicht doch, dieser Prospekt informiert über die hervorragenden Eigenschaften eines ganz bestimmten Motorrades – einer CBR 600F!

Ich fange an zu heulen, meine Tochter gleich mit, obwohl sie gar nichts begreift.

Aus Kostengründen bekomme ich das Modell gebraucht, egal, ich bin überwältigt!

Nach ein paar schneefreien Tagen steht es vor der Tür – schwarz mit pinkigen Aufklebern.

Macht nix, wozu gibt es einen Föhn. Wir haben sie in stundenlanger Kleinarbeit abgefriemelt und da stand nun das schwarze Teil in seiner ganzen Pracht.

Wochenlang brach mir schon bei dem Gedanken, damit einmal fahren zu müssen, der Schweiß aus. Soviel Motorrad!

Nun, die Saison begann und nach anfänglichem Bibbern und Bangen gewöhnte ich mich allmählich an die 98 PS und hatte richtig Spaß mit der neuen Power. Überholvorgänge waren jetzt nicht mehr nur unbedingt eine Frage des Mutes, sondern eher der Möglichkeiten.

Da der Vorbesitzer auch Rennen mit ihr gefahren war, sah der Hinterreifen an den Rändern im wahrsten Sinne des Wortes echt abgefahren aus und zeugte von rasanten Schräglagen. Ich sonnte mich in den erst kritischen und dann bewundernden Blicken männlicher Biker! Wenn die gewusst hätten!

Ich bin fest davon überzeugt, dass ich einen Schutzengel habe, ich nenne sie Therese.

Anders kann ich mir meinen Dusel nicht erklären.

So im Nachhinein fällt mir doch manch prekäre Situation ein, vor allem wenn ich meinem Liebsten und/oder anderen Motorradfreunden hinterher jagen musste, weil ich sie mal wieder verloren hatte – oder umgekehrt? Schuld daran war oft das unterschiedliche Verhalten der Geschlechter vor unübersichtlichen Kurven, besonders Rechtskurven. Ich habe mich oft gefragt, ist das Mut oder Wahnsinn, wenn die Jungs ungebremst in unbekannte Kurven knallten. Wenn ich dann wesentlich verzögert ums Eck kam, hätte es mich nicht all zu sehr überrascht, sie von einem Erntewagen abkratzen zu müssen.

Ich bin bei meinen Aufholjagden (auf gerader Strecke) nie erwischt worden, aber um Geschwindigkeitsbeschränkungen konnte ich mich nun wirklich nicht kümmern!

Ich hätte auch eher Stress mit der Polizei als mit meinem Alten in Kauf genommen.

Mein „altes" Motorrad hatten wir in Zahlung gegeben. Jahre später sitzen wir in unserem Kaff in einem Gartencafé, als ich eine blaue CB1 sichte, allerdings nackig.

Sie ist recht selten, da Grauimport (mir vollkommen unverständlich, so ein tolles Motorrad. Ich habe mal in einem Motorradblättchen einen sehr gefühlsbetonten Artikel über sie veröffentlicht und sogar ein Honorar dafür bekommen!).

Wir schlendern hinüber und kommen mit der Besitzerin ins Gespräch. Die Welt ist eine Nussschale – es ist mein Ex-Mopped! Die Verkleidung wartete in der Garage auf ihren Einsatz; ihr Freund hatte sie vorsichtshalber für den Zeitraum ihrer Anfängerphase abgebaut.

Recht so, die war auch nicht ganz billig.

Nürburgring

Im Jahr darauf fiel mir eine Anzeige in einem einschlägigen Magazin auf: Frauentraining auf dem Nürburgring!

Genau was ich brauchte, ohne diese begnadeten Machos.

Ich machte mich also auf den Weg. Ganz allein, quer durch Deutschland!

Vor Ort wurden wir – je nach Vorleben – in Gruppen eingeteilt, mein Instruktor war eine zierliche *sie*.

Dann das Reglement: alle im Gänsemarsch hinter ihr her in die grüne Hölle, nicht überholen, nicht bremsen, nach jeder Runde reiht sich die letzte direkt hinter ihr ein, so dass jede mal in den Genuss einer unverwässerten Ideallinie kommt.

„Lieber Nürburgring als Ehering“ war das Motto mancher Teilnehmerin.

Auf zur Besichtigungsrunde der 20832 m! Auf was hatte ich mich da bloß eingelassen!

Die Nordschleife – berühmt und berüchtigt!

Und dann ging's zur Sache!

Ich war zwar immer noch keine begnadete Bikerin, aber was die Fahrerin vor mir abzog, war echt daneben. Da sie vor jeder Kurve abbremste, musste ich dergleichen tun, was mir später Stress mit der hinter mir Fahrenden einbrachte.

Im Karussell fuhr sie aus unerfindlichen Gründen RECHTS heraus und ich aus ebenso unerfindlichen Gründen hinterher! Ich will hier nicht näher auf die Eigenarten dieses Streckenabschnittes eingehen, aber *rechts* war nicht nur falsch, sondern auch gefährlich.

Im letzten Moment bekamen wir beide noch die sprichwörtliche Kurve, aber ich war fertig mit den Nerven. Wie sich später herausstellte, war sie seit einem Jahr nicht mehr gefahren und „ein bisschen aus der Übung".

Zwischen der Jachterei durch die (offiziell) 73 (!) Kurven absolvierten wir Übungen wie Stotterbremsen, Vollbremsung, gaaaanz langsam um Hütchen kurven und dergleichen.

Spaß hat es auf dem großen Übungsplatz gemacht – 2. Gang einlegen und dann turnen wie auf einem Zirkuspferd: auf einer Fußraste stehen, auf dem Tank sitzen, der Länge nach auf dem Mopped liegen usw., das bewirkt ein gutes Körpergefühl und Vertrauen in ein Zweirad; sooo schnell kippt es dann doch nicht um.

Danach gemeinsames Mittagessen.

Auf dem Rückweg eierte meine Maschine so eigenartig? Vorne Plattfuß!

Wahrscheinlich hatte ich auf dem Übungsplatz einen Nagel oder eine Schraube eingefangen, dort stehen nämlich bei den Events die Würstchenbuden herum.

Sch..., was nun? Instruktorin wird befragt und schlägt vor, den diesen Kursus betreuenden Mechaniker aufzusuchen.

Ein wortkarger, unwirscher Zeitgenosse, wie sich herausstellt.

Nachdem er das Vorderrad ausgetauscht hatte, eröffnete er mir in einem mir unbekannten Dialekt (hessisch?), dass meine Kette im Eimer wäre und er mich damit nicht mehr auf die Rennstrecke lassen würde.

Wieder Rat bei der Instruktorin gesucht. Ich soll im Nachbarort eine neue Kette besorgen, die mir der nette Mechaniker (sie hatte anscheinend einen ganz anderen Eindruck von ihm) dann aufziehen würde. So schlich ich ganz vorsichtig die Berge der Eifel hinauf und hinunter zum nächsten Zubehörhändler in der Erwartung, dass diese Kette jeden Moment reißen könnte.

Ich hatte Glück, ein Ersatz war vorrätig und selig schlich ich zum Veranstaltungsort zurück. Gleich würde alles gut!

Ich mach's kurz – er weigerte sich! Er redete viel und ich verstand wenig, aber er ließ sich nicht erweichen. So stand ich am letzten Tag des Trainings verloren an der Strecke herum, was wiederum die Aufmerksamkeit eines männlichen Kursusbetreuers hervorrief.

Er fragte mich, ob ich Lust hätte, mit ihm in dem Service-Van den Ring zu umkreisen.

Why not! Ob ich Angst hätte? Nö!

Er kannte die Strecke in- und auswendig, auch aus Bikersicht, und so fuhren wir in einem Affenzahn und mit quietschenden Reifen über die Nordschleife, was für ein Erlebnis!

Die nächste Runde drehte ich als Sozia bei der Instruktorin – auch sehr beeindruckend!

So geht das also, wenn man's richtig kann.

Allerdings war ihr Modell nicht unbedingt für zwei konzipiert und ich hatte Mühe, mich auf dem Sitz, der eher einem Schwebebalken glich, festzuklammern.

Am nächsten Morgen wilde Telefonate mit meinem Mann – wie sollte ich quer durch Deutschland mit einer derart maroden Kette nach Hause kommen?

Da es mit organisatorischen Schwierigkeiten verbunden war, in der Pension zu telefonieren, machte er von zu Hause aus eine Werkstatt in der Nähe ausfindig.

Diese erklärte sich zwar bereit, die Reparatur auszuführen, ließ mich dann aber geschlagene 6 Stunden darauf warten.

Vielen Dank noch mal an dieser Stelle.

Gegen 18.00 konnte ich endlich die Heimreise antreten, obwohl ich ziemlich gebügelt war, immerhin war ich seit 7.00 Uhr auf den Beinen und vor mir lag eine Strecke von 650 km.

Bald brach die Nacht herein und es war schon ein eigenes Gefühl, so im Dunkeln und mutterseelenallein auf der Autobahn unterwegs zu sein.

Damals gab es auch noch keine Frauenparkplätze auf den Raststätten, aber ich musste ja auch mal.

Dass meine Sorgen nicht so ganz unbegründet waren, bestätigte mir eine Begegnung mit einem Motorradfahrer, Typ Weltenbummler, im darauf folgenden Jahr.

Nach einer langen Tour durch Nordafrika, Spanien und Frankreich, die er ohne unangenehme Zwischenfälle absolviert hatte, befuhr er wieder heimatlichen Boden.

Nächtliche Szene auf dem Parkplatz einer deutschen Raststätte: ein Golf mit 4 Osteuropäern hält neben ihm, 2 Männer steigen aus und erwarten von ihm die Übergabe seines Bargeldes. Gelassen öffnet er seinen Tankrucksack und – holt eine Pistole heraus!

Der Golf samt Insassen legte einen Formel-1 reifen Blitzstart hin und verschwand in der Nacht. Mit sich führen durfte der Typ eine Waffe, da er irgendeiner Spezialeinheit, SOKO o. ä., angehörte.

In mir erwachte spontan der Wunsch, auch so in Ding zu besitzen, obwohl ich wahrscheinlich in so einer Situation wie gelähmt und vollkommen handlungsunfähig dastehen würde.

Trotzdem war das Training ein unvergessliches Erlebnis und brachte mich in meiner Entwicklung zur „Bikerin des Jahres“ ein ganzes Stück nach vorn.

Diese Fortbildung sollte frau allerdings erst in Angriff nehmen, wenn sie sich getrost als Fortgeschrittene bezeichnen kann, sonst ist es nur Stress und sie hat nichts davon. Oft wird gefragt: „Wie lange fährst du schon?“, aber nicht die Jahre sind ausschlaggebend, sondern die abgespulten Kilometer!

Im darauf folgenden Sommer beschlossen mein Liebster – er heißt übrigens Hase – und ich, Deutschland zu umrunden.

Kann man eigentlich eine Katze im Tankrucksack mitnehmen?

Hat das schon mal jemand gemacht?

Ich habe unterwegs Biker mit Hunden getroffen und ein Bekannter hat sich extra eine Rasse gekauft, die da hineinpasst.
Aber Katzen? Dann müsste ich auch entsprechende Utensilien wie Katzenklo mitschleppen. Vielleicht gibt es so was ja aufblasbar? Das wäre eventuell sogar eine Marktlücke!

Im Urlaub stellt sich immer das Problem, wohin mit Clärchen, abgesehen von Katzenhotels. Im Übrigen ist sie eine Heilige Birma (schön und doof, wie mein Liebster immer behauptet) und wiegt nur 2,5 kg.

Vielleicht sollte ich sie nach und nach daran gewöhnen; im Auto nehme ich sie ja auch lose mit, damit hat sie kein Problem.

Deutschlandtour

Schon mal bei 30° im Schatten in voller Montur unterwegs gewesen?

Wir hatten 40 km vor München in Pörnbach, “wo Bayern noch echt ist“, einen wirklich ganz reizenden Gasthof entdeckt mit eigener Schlachterei.

Das Zimmer liebevoll im Landhaushausstil eingerichtet, nicht die übliche funktionale Tristesse, zu einem überraschend kundenfreundlichen Preis.

Pörnbach liegt im größten zusammenhängenden Hopfenanbaugebiet der Welt (!), was uns als Biertrinkern nicht unangenehm war.

Am nächsten Tag wollten wir uns München ansehen. Angesichts der Temperaturen schlug ich vor, leichte Bekleidung mitzunehmen, uns vor Ort umzuziehen und die Lederkluft in einem Schließfach am Bahnhof zu deponieren.

Am Bahnhof die übliche Parkplatznot, aber wir entdeckten eine wirklich große Laderampe, an der nichts los war, und quetschten unsere Moppeds seitlich an eine Mauer.

Als wir schon fast ausgezogen waren, quasi in Unterbüx und Stiefeln, tauchte plötzlich ein Mann auf und schnauzte uns auf bayerisch an. Wir verstanden nur, dass wir wohl dort verschwinden sollten. Ein Wort gab das andere – er war anscheinend sauer, dass er bei der Hitze arbeiten musste und wir uns dem Müßiggang hingeben konnten –, aber er ließ sich nicht umstimmen.

Diese Einstellung war uns neu, hatten wir bisher doch immer sehr viel Entgegenkommen und Hilfsbereitschaft unterwegs erlebt.

Fluchend versuchten wir, uns wieder in das feuchte Leder zu zwängen.

Ich drohte ihm noch „Komm du nach Norddeutschland, Seppl!"

Wir fanden dann aber doch noch zwei ganz legale Parkplätze.

Das war, wie sich herausstellte, unsere einzige Begegnung mit der Urbevölkerung.

Ansonsten sichteten wir nur Ausländer, während wir vor einem Imbiss unsere ½ Hähnchen verdrückten.

Ich meine das nicht bösartig, es fiel uns einfach nur auf. Wir haben dann gewettet, wer wohl den ersten Bayern sieht.

Hatte ein kompletter Austausch zwischen Istanbul und München stattgefunden, von dem wir nichts mitbekommen hatten?

München hat uns gut gefallen, vor allem die Surfer im Englischen Garten. Ja, wirklich, die surfen da auf dem Eisbach, der sich ziemlich wild durch den Park windet. Das ist nur was für geübte Wellenreiter und nicht ganz ungefährlich.

Empfehlen kann ich auch das Karl-Valentin-Museum. Das muss ein verrückter Typ gewesen sein!

Lebensnotwendige Erfindungen wie „pelzverbrämter Winterzahnstocher“, „Kindernasenbohrmaschine“ oder die äußerst skurrile Kostbarkeit „geschmolzene Schneeplastik“ und vieles andere mehr sind dort zu bestaunen.

Anschaulich erklärt wird auch der Leistenbruch: ein Bilderrahmen, der ein zerbrochenes Stückchen Holz enthält.

Dann noch ein Abstecher ins Frankenland. Sehr schöne Strecken, leider herrscht unter der Woche viel Lieferverkehr. Wir hatten gerade bergab mit viel Mühe mindestens 8 LKWs und diverse Lieferwagen überholt – ranpirschen, gucken, runterschalten und mit viel Herzklopfen vorbei, da die Übersicht nicht immer optimal ist – und haben endlich freie Fahrt, da werden wir in der Talsenke von dort postierten Polizisten angehalten. Ich habe spontan ein schlechtes Gewissen, muss irgendwie ein Kindheitstrauma sein, versuche dann immer, gaaanz harmlos auszusehen.

Während unsere Papiere überprüft werden, rauscht ein LKW nach dem anderen wieder an uns vorbei. Leicht angesäuert frage ich, warum wir angehalten wurden.

Angeblich wurden zwei Motorradfahrer gesucht, aber ich hatte das dumpfe Gefühl, die wollten uns nur die Tour vermasseln.

Weiter ging's Richtung Hessen.

Waren die bayerischen Häuser noch üppig mit Geranien bestückt und Schilder warben mit „Gästezimmer frei", empfing uns nun strenge Architektur in schwarz/weiß und wir waren auf einmal „Fremde", die aber trotzdem gern ihr sauer verdientes Urlaubsgeld dalassen sollten.

Wie jeden Abend mussten wir eine Unterkunft suchen, das war der etwas stressige Teil der Reise. Ein Insidertipp besagt, bei Imbissbuden nachzufragen. Wir bekamen auch die Adresse einer Pension, die zwar Ruhetag hatte, uns aber trotzdem aufnahm.

Unsere Wirtsleute hatten mit einem anderen Paar gegrillt und luden ein, uns dazu zu setzen. Uns wurden die beiden übrig gebliebenen Würstchen und eine Scheibe trockenes Brot angeboten.

Da wir Kohldampf und keine Alternative hatten, griffen wir zu.

Frau Wirtin servierte dazu sogar, trotz Ruhetag, gezapftes Bier. Wir waren gerührt.

Am nächsten Morgen wankte mein Hase etwas erschüttert aus der Pension (ich wartete schon abmarschbereit auf meinem Mopped) und hielt mir die Rechnung unter die Nase. Sie hatten uns die kalten Würstchen, die sonst wohl der Hund bekommen hätte, mit DM 12,-- berechnet!

No comment!

Da verstanden wir, warum in einem Motorradreisebuch gestanden hatte: Hessen? Durchfahren!

Bullen

An dieser Stelle möchte ich mal eine Lanze für die „Bullen“ brechen.

Ich finde die Bezeichnung nicht korrekt. Ich meine, wenn einer in der Stadt mit 140 erwischt wird, kann er es doch nicht an ihnen auslassen, meistens mit dem Adjektiv „blöde“.

Ich habe nur positive Erfahrungen mit der Trachtengruppe (kleiner Scherz, ist leider nicht von mir) gemacht, einmal hat mich doch tatsächlich ein Moppedcop gegrüßt!

Ab und zu fahre ich ja auch mal Auto.

Es war im Winter gegen 22.00. Ich kam gerade vom Badminton-Training und kämpfte mit der immer wieder beschlagenden Windschutzscheibe bei entsprechend langsamer Geschwindigkeit (mein Glück, befand mich eh in einer 30er Zone).

Mir kommt ein Wagen entgegen und stellt sich als Polizeiauto heraus.

Schlagartig stellt sich schlechtes Gewissen ein.

Auf Kopfhöhe erster Kontakt: “ Guten Abend. Fahren Sie mit Fernlicht?“

„Öh, nö, wieso?“, mit Kleinmädchenstimme (seit Wochen wollte ER schon den rechten Scheinwerfer einstellen lassen!).

Nachdem die Lichtfrage geklärt war, meinte der freundliche Beamte: „Gut, und wenn Sie dann noch Zeit haben – schnallen Sie sich bitte an?“

Ist das nicht süß? Ich versicherte ihm, dass ich das normalerweise immer tue und nur ums Eck nach Hause fahre, da fügte er noch hinzu: „Ja, aber es könnte Sie ja auch ein betrunkener Autofahrer über den Haufen fahren."

Noch süßer, machte sich Gedanken um mein Wohlergehen.

Er hätte mir auch 30,--€ abknöpfen können.

Außerdem fahren viele Polizisten privat auch Motorrad und sind wirklich nette Typen.

Also, das nächste Mal das böse B-Wort nicht mal denken!

Falls es jemanden interessiert: das Wort „Bulle" hat nichts mit dem Rindvieh zu tun.

Es stammt von dem rotwelschen (?) Begriff Puhler für Polizist ab. Ob das was mit dem Verb puhlen zu tun hat??? Aber das kennen wahrscheinlich nur die Norddeutschen.

Sauerland

Dem unter MotorradfahrerInnen oft gepriesenen Sauerland konnten wir nicht viel abgewinnen.

Wir wollten uns den Stress mit der allabendlichen Suche nach einem Quartier ersparen und hatten von zu Hause aus eine Ferienwohnung gebucht.

Nie wieder!

Als wir endlich die Straße gefunden hatten und voller Erwartung an viel sprechenden Häusern vorbeigekommen waren, landeten wir laut angegebener Hausnummer vor einem spießigen Kasten, der von außen nichts Gutes verhieß.

Ich bin in solchen Dingen etwas eigen und erwarte auch im Urlaub ein gewisses Ambiente.

Hase warf mir einen wissenden Blick zu, er kennt ja meine Bedürfnisse, er selber ist da eher pflegeleicht („ist ja nur zum Pennen").

Trotz der netten Begrüßung durch unsere Gastgeber bestätigten sich meine Befürchtungen, die „Wohnung" befand sich im 1. Stock: funktionales Schlafzimmer, Kopf and Kopf mit unseren Wirtsleuten (sein Schnarchen war einfach nicht zu überhören, ansonsten keine weiteren verdächtigen Geräusche...), Wohnküche mit Sofa und TV und Bad überm Flur, immer Gefahr laufend, dem Hausherrn nackig übern Weg zu laufen, na super!

Aber pieksauber, wie alles dort. Ich wette, die putzen alle halbe Stunde die Fenster, diese Sauerländerinnen.

Beinahe hätte ich so einen Taschenaschenbecher gekauft, da wir uns kaum trauten, eine Kippe auf den im Stundentakt gesäuberten Bürgersteigen zu entsorgen.

Eines der wenigen Formate, die Hase und ich uns gemeinsam im TV ansehen (wegen der O-Ton: „dämlichen Spielfilme" muss ich immer nach oben ins Schlafzimmer zum Zweitgerät) sind Tierfilme. Außerdem gehen wir gerne in den Zoo.

Im Sauerland gibt's auch einen: Affen- und Vogelpark Eckenhagen an der Sauerland-Linie. Nichts wie hin, vor allem wegen der Affen. Die laufen dort in einem großen Areal frei herum mit direktem Kontakt zu den Besuchern, was nicht immer auf Gegenliebe stößt, wie ein lautstark brüllendes Kleinkind beweist, zu dem sich eines der Äffchen in den Kinderwagen verirrt hat.

Ich bin begeistert, wie zahm die sind, obwohl sie wahrscheinlich nur verfressen sind.

Dann werde ich im engsten Sinne des Wortes vom Affen gebissen. Das tut ganz schön weh und blutet ordentlich.

Später mache ich mir Gedanken über die Zusammenhänge von Aids und dem Austausch von Körperflüssigkeiten, aber Hase meint, ich spinne und er behält zum Glück Recht.

Noch ein Zoobesuch ist mir in Erinnerung. Wir waren mal schnell nach Holland gefahren, um den „Burgers' Zoo“ in Arnheim zu besuchen, mit Reduktiekaart zu 26,-- Gulden kamen wir hinein. Über den hatten wir schon öfters was im TV gesehen. Der Besuch hat sich auch gelohnt. Dieser Tierpark ist etwas Besonderes, guckt mal selber unter Google.

Und „Sateh Babi“ musste ich unbedingt essen – überaus lecker, aber nur, wenn man Erdnüsse mag. Ist indonesisch (bereichernd, wenn man mal Kolonien hatte).

Hier das Rezept für 4 Personen:

750 g Schweinefleisch
4 Knoblauchzehen
3 Teelöffel Sambal Oelek
1 Zitrone
1 Teelöffel gemahlenen Kümmel
2 Teelöffel gemahlenen Koriander
Sojasauce

Das Fleisch in schmale Streifen schneiden. Knoblauch würfeln und alle anderen Zutaten mit dem Fleisch mischen. Mit viel Sojasauce übergießen.

Über Nacht marinieren lassen. Das Fleisch auf Holzstäbchen spießen und braten.

Sauce:
5 Esslöffel Weißweinessig
3 Esslöffel Zucker
½ Teelöffel Salz
2 gehäufte Esslöffel Erdnusscreme
1 Esslöffel Sojasauce
1 Esslöffel Tomatenmark
1 Teelöffel Sesamsaat

Essig mit 5 Esslöffeln Wasser, Zucker und Salz aufkochen, abkühlen lassen.

Erdnusscreme, Sojasauce, Tomatenmark und das Essigwasser verrühren.

Sesamsaat ohne Fett in der Pfanne leicht anrösten und Erdnusssauce damit bestreuen. Dazu Basmati-Reis.

Guten Appetit!

Das Essen wurde in Valkenburg/NL erledigt und wie wir da so in unseren Korbsesseln lümmeln, bleibt mein Blick an einer reizenden alten Kirche hängen. Über der Eingangstür ein Schild in blau/weiß: „Restaurant Eklisia“, wie sinnig! Diese griechischen Gastronomen – es ist wohl keine Gebäudeart vor ihnen sicher. Oder hatte das eventuell was mit dem Tisch des Herrn zu tun, zu dem alle kommen sollen (allerdings in der Originalausgabe kostenlos)?

Aber zurück zum Sauerland.

Motorradmäßig nicht so prickelnd, wie wir uns das vorgestellt hatten.

Gut, die Landschaft ist schön und ordentlich hügelig, aber zu viel Split, Überholverbote und 70er Zonen, die durch sehr viel polizeiliche Präsenz (elegant formuliert, nicht wahr? Geht doch!) überwacht wurden.

Dann setzte Dauerrieselregen ein und wir beschlossen, diese Versuchsreihe abzubrechen.

Ibiza

Das war für uns nichts Neues, denn ich muss dazu sagen, überall, wo wir hinkommen, fängt es spätestens am 3. Tag an zu regnen.

Unglaublich war unser Urlaub auf Ibiza.

Wir wollten mal einfach ausspannen, denn so schön wie ein Motorradurlaub auch ist – eine Erholungsreise ist das nicht!

Im Anflug auf Ibiza mache ich Hase verwundert auf die Tatsache aufmerksam, dass ich außer dunklen, dichten Wolken gar nichts von der Insel sehe (er hatte mir den Fensterplatz überlassen).

Kein Wunder, denn über der Insel tobte das schlimmste Unwetter seit 30 Jahren mit sintflutartigen Regenfällen. Im Juli.

Eine Stunde hingen wir im Flughafen fest, weil es absolut unmöglich war, über die Straße zum Mietwagen zu gelangen. Ich schlug vor, er solle sich bis auf die Boxershorts ausziehen und zum Auto sprinten, fand er aber nicht so gut.

Die Einheimischen drückten sich die Nasen an den riesigen Fenstern platt und staunten.

Auf der Fahrt quer über die Insel zu unserem Quartier ein Bild der Verwüstung – so viele Autos hatte ich noch nie im Straßengraben gesehen! Teilweise ging's durch regelrechte Seen, deren Tiefe nicht abschätzbar war. Endlich kamen wir in dem kleinen Ort, wo wir unsere Cassita angemietet hatten, an. Keine Menschenseele zu sehen, die Stimmung so morbide wie in französischen Filmen, die im Winter an der Côte d'Azur spielen.

Und Strom gab's an dem Abend auch nicht mehr.

Wenn das Touristenbüro vor Ort gewusst hätte, dass wir kommen, hätten die uns glatt die Einreise verweigert.

Aber anders als in Deutschland schien am nächsten Tag wieder die Sonne und es wurde heiß, richtig heiß, so an die 34°. Tagsüber hingen wir im Schatten herum, jede Bewegung ließ den Schweiß aus den Poren rinnen. Zum Strand gingen wir erst am späten Nachmittag, da ich seit Jahren schon intensive Bestrahlung vermeide. Denn: „Die schönen Braunen von heute sind die Backpflaumen von morgen.“ Eine leichte Hauttönung reicht mir voll und ganz.

Schön waren eigentlich nur die lauen Abende, an denen man bis tief in die Nacht ohne zu frösteln draußen sitzen und, vor allem in Ibiza-Stadt, die ganzen Ausgeflippten angucken konnte.

Doch wir zählten zum Schluss die Tage bis zum Heimflug.

Da lob ich mir doch Motorradurlaub in Deutschland, auch wenn man mal nass wird.

Und unter der heimischen Pergola sorgt der Terrassenstrahler für mediterrane Temperaturen.

Aber vielleicht sollten wir, anlässlich einer Rallye Paris-Dakar, die wir schon immer mal in natura erleben wollten, einen Wüstenscheich kontaktieren und uns als Regenmacher anbieten. Dann würden wir ob dieser Fähigkeit endlich mal Ruhm und Reichtum ernten.

Was mich an den Odenwald erinnert. Ich hatte aus entsprechender Literatur den Eindruck gewonnen, dass wir da mal hinmüssten.

Frohen Mutes kurvten wir wieder einmal durch halb Deutschland – das ist der Nachteil, wenn man im Norden wohnt und die schönen Moppedstrecken alle im Süden sind.

Wohin sollte man hier oben bei uns? Dänemark? Holland?

Du liebe Zeit, Holland! Aber dazu später.

Odenwald

Manchmal stimmt alles – Ambiente UND Preis – und manchmal wird man gnadenlos abgezockt.

Es ist schon früher Abend, wir sind in Beerfelden, Odenwaldkreis, haben noch kein Zimmer und am Horizont türmen sich schwarzblaue Wolken auf, die nichts Gutes verheißen.

Zu unserer Erleichterung entdecken wir ein Schild „Pension ....“.

Das Haupthaus macht einen stilvollen Eindruck, die Zimmer sind allerdings separat über den Garagen und trübsinnig. Die Möbel gehören eigentlich auf den Sperrmüll und die Handtücher und Bettwäsche stammen dem Design nach zu urteilen aus den Fünfzigern, WC und Dusche auf dem Flur. Wir sind die einzigen Gäste.

Wir können keinen Aschenbecher im Zimmer entdecken, bekommen dann auf Nachfrage eine Vase in die Hand gedrückt – „... aber nicht kaputt machen!“

Außerdem haben wir Kohldampf, aber da fallen schon ein paar dicke Tropfen und es zucken die ersten Blitze und wir sind dort am Waldesrand festgenagelt. Obwohl Ruhetag ist, erklärt sich Frau Wirtin bereit, uns eine Stulle zu schmieren. Die ist eher schlicht, dafür mit einem halben Gürkchen gekrönt, und reicht nicht zum Sattwerden.

Der Preis für diesen ganzen Luxus: DM 110,-- + DM 30,-- für die Stullen.

Aber im Odenwald selber ist es tatsächlich schön! Und schließlich fanden wir doch noch eine nette Pension. Dann konnte das Kurvenräubern ja losgehen.

Abends hockten wir noch in der gemütlichen Schankstube.

Am Nachbartisch wurde Skat gespielt. Ich hatte ewig keine Karten mehr in der Hand gehabt (gelernt hatte ich das Spiel auf meinen öden Busfahrten zur Klosterschule. Nein, ich bin nicht katholisch. Wir wohnten damals in einem kleinen Ort im Bergischen Land und das einzige Gymnasium weit und breit war 30 km entfernt bei den Ursulinen. Die werde ich auch nie vergessen!)

Da Hase wusste, wie gerne ich spiele, drängte er mich anzufragen, ob ich mitspielen könnte, aber ich traute mich nicht.

Zu fortgeschrittener Stunde und nach einigen Bierchen ergab es sich aber doch, weil der dritte Mann nach Hause musste. So drosch ich fröhlich mit dem Sohn des Hauses und einem Gast drauflos.

Der Sohn, der auch noch ausgerechnet wie mein Liebster hieß, fand immer mehr Gefallen an mir und ließ die Getränke auffahren.

Um 2:00 gab's Sekt!

Hase war schon lange ins Bett, na ja, gewankt.

Dann ließ sich Junior über mein Äußeres aus. Besonders gefiel ihm, dass ich nicht geschminkt war, irgendwie war sein Blick schon etwas getrübt.

Ich hatte zwar nicht das große Abend-Make-up aufgelegt, aber so ganz naturbelassen wollte ich der ländlichen Bevölkerung dann doch nicht gegenübertreten.

Nee, wirklich!

Um 3:00 schlug er vor, meinen Mann allein nach Hause fahren zu lassen, ich fasste das als Antrag auf.

Am nächsten Tag verhielt er sich deutlich distanziert, wohl weil Muttern sauer war wegen der nächtlichen Exzesse. Schade eigentlich, war ein prächtiges Anwesen und wahrscheinlich mit endlosen Ländereien ...

Unser Aufenthalt wurde, man ahnt es, durch einsetzenden Landregen abgekürzt.

Nachdem wir den ganzen Vormittag trübselig das Wetter beobachtet hatten und die Vorhersagen keine Besserung versprachen, beschlossen wir, die Heimreise anzutreten.

650 km im Dauerregen, ich konnte kaum die Rücklichter von seinem Motorrad erkennen. Manchmal glaube ich, da oben sitzt einer und schreit:“ He, die hockt schon wieder auf dem Motorrad, dreht mal den Wasserhahn auf!“

Irgendwann gab auch die Regenkombi auf.

Ich war sauer und wollte nur noch nach Hause. Also auf die linke (freie) Spur und mit 180 ins Ungewisse.

Beim nächsten Tankstop wurde ich gefragt, ob ich noch ganz dicht bin, aber es kommt der Punkt, wo einem alles egal ist.

Außerdem hatte ich ja Therese dabei.

Villa /Unfall Holzminden

Aber einen Freak schreckt ja nix und so waren wir mal wieder unterwegs, diesmal Richtung Harz, genauer Lauenförde. Dort gibt es seit über 20 Jahren ein Motorradhotel, die Villa Löwenherz.

Ein riesiger alter Kasten nur für Moppedfahrer, geleitet von Martha und Stefan, und dies schon in der zweiten Generation.

Wir waren spät von zu Hause losgekommen und es dämmerte bereits, als wir endlich die Autobahn verließen.

Danach geht's hauptsächlich durch Wald. Irgendwie hatte ich mal wieder den Hasen verloren und so kam ich mir auch vor! Er ist eigentlich ein liebevoller Mensch, aber wenn er auf seinem Japaner hockt, wird er zum wilden Stier (ist ja auch sein Sternzeichen).

Dann war's stockdunkel und einsam und kalt. Ich war begeistert.

Schreckensmeldungen eines berühmten Massenblattes fielen mir ein, warum sollte so etwas immer nur anderen passieren?

Ich schlug mich jedoch tapfer zur Villa durch und wurde dort wie die verlorene Tochter begrüßt. Erst mal ein Schnäpschen! Und dem Alten die

Meinung gesagt und dann in der hauseigenen Kneipe/Disco abgefeiert.

Wir lernten ein Paar aus unserer Gegend kennen und verabredeten uns für den nächsten Tag zu einer Tour. Sie waren uns auf Anhieb sympathisch, nur die Motorräder passten eigentlich nicht so zusammen, die beiden auf Enduros und wir mit unseren Reisschüsseln.

Die Ausfahrt nahm dann auch ein jähes Ende an einer Kreuzung so 20 km entfernt. Hase und ich waren vorweg gefahren und hatten die beiden schon aus den Augen verloren (ja, ich auch!).

An dieser Kreuzung ging's rechts hinauf in die viel versprechenden Berge, aber von links schlich eine bei Bauern beliebte Automarke nebst Anhänger heran und wollte auch in die von uns angepeilte Richtung. Bloß nicht, der hätte uns ja die ganze Tour vermasselt.

Ich also, den Gegner fest im Auge, lasse die Kupplung kommen, gebe Gas, blicke wieder nach vorne – und da steht er immer noch, mein Liebster, ist sonst gar nicht seine Art!

Um ihm nicht von hinten auf die Karre zu fahren, versuche ich, rechts auszuweichen, aber da ist auch schon der Bordstein. Ich knalle also auf die rechte Seite und werde von meiner Blauen begraben. Fluchend krabbel ich darunter hervor, nix Gutes ahnend.

Und richtig, auf jeden Fall ist der Bremshebel abgebrochen und Flüssigkeit sickert auf den Asphalt. So ein liegendes Motorrad ist kein schöner Anblick!

Inzwischen sind auch die beiden Enduros eingetrudelt. Wir richten das Mopped wieder auf, aber es sagt keinen Piep mehr. Werkzeug? Minimalausstattung unter der Sitzbank.

Während wir noch so herumwurschteln, hält ein Autofahrer und packt gleich tatkräftig mit an, da selber Motorradfahrer und Schrauber (im Gegensatz zu uns; das Glück ist mit den Doofen). Stellt fest, dass er auch nicht das geeignete Werkzeug dabei hat und will nach Hause fahren, um selbiges zu holen.

Uns ist das ziemlich peinlich, es ist Samstagnachmittag. Er ist aber richtig froh gestimmt, da die Schwiegermutter in seinem Wohnzimmer bei Kaffee und Kuchen sitzt.

Inzwischen telefonieren wir in der Gegend herum, um eine Werkstatt zu finden wegen des Bremshebels (Samstagnachmittag) – und werden tatsächlich fündig!

Unser ungelber Engel kehrt zurück und macht die Blaue wieder flott, ich könnte ihn knutschen!

In der ganzen Aufregung hatte ich nicht gemerkt, dass mein rechter Fuß ziemlich weh tat. Aber es nützte ja nichts, wir mussten ja noch in die ca. 15 km entfernte Werkstatt.

Ich kann wirklich niemandem empfehlen, sich im Weserbergland ohne Bremshebel fortzubewegen. Instinktiv greift man dorthin, aber eben ins Leere.

Wo ist eigentlich die Hinterradbremse?

Während ich also schweißgebadet die hügeligen Sträßchen entlang zuckele, gestikuliert ER wild hinter mir herum.

Was ist denn jetzt schon wieder, bin so wie so total entnervt!

Endlich bei der Werkstatt angekommen, fragt er mich, wieso ich dauernd auf der Hinterradbremse gestanden hätte? Hab ich doch gar nicht!!! Wegen des abgebrochenen Bremshebels leuchtete ständig das Bremslicht und er dachte ...

(Hat auch nicht wirklich sooo viel Ahnung).

Hab' wieder unheimliches Schwein; die Werkstatt ist nicht meine Marke, hat aber zufällig mein Modell zur Reparatur dort stehen, sogar gleiches Baujahr, denn wie ich jetzt lerne, stattet meine Marke ihre Modelle jedes Jahr mit anderen Hebeln aus. Wie praktisch!

Als kleiner Sicherheitsfan kaufe ich später zu Hause Universalhebel und schleppe sie jahrelang mit mir herum, ohne sie je zu brauchen, aber das muss frau positiv einschätzen.

Mein Fuß tut höllisch weh. Wir fahren, wieder komplett, zur Villa zurück.

Es setzt leichter Nieselregen (!) ein. Dort angekommen, schildern wir unser neuestes Abenteuer, zufällig ist ein Mechaniker unter den Gästen.

Diese Gruppe war mir schon am Vorabend angenehm aufgefallen, alle trugen knallrote T-Shirts mit dem sinnigen Aufdruck „Sumsen ist buper".

Er bot an, eine kleine Probefahrt zu machen, um zu prüfen, ob wirklich alles in Ordnung war. Wie sich dabei herausstellte, lief sie nur auf 3 Töpfen (???).

Er brachte es vor Ort in Ordnung und ich leistete im Inneren tiefste Abbitte wegen meiner vorabendlichen Lästereien. Nahm mir vor, keine Vorurteile mehr zu entwickeln.

Die Roten waren nämlich nicht nur überaus hilfsbereit, sondern auch richtige Kumpel!

Ach ja, mein Fuß! Traute mich nicht, den Stiefel auszuziehen.

Zufälligerweise war auch eine Gruppe Ärzte anwesend (ich muss ziemlich doof sein), die ihre jährliche Ausfahrt genossen.

Einer von ihnen sah sich dann meinen Fuß an, vermutete mehrere gebrochene Zehen und versprach mir einen heftigen Bluterguss. Mehr als die Zehen „tapen" konnte er im Moment nicht machen.

Ich verbrachte den restlichen Abend halb liegend in der schon erwähnten hauseigenen Kneipe/Disco und ließ mich verwöhnen mit Drinks und Coldpacks.

Da wir am nächsten Tag nach Hause mussten, machte ich mir Sorgen, ob ich wieder in den Stiefel hineinkommen würde.

Mein Fuß wurde zwar schwarzblau, doch dank der ständigen Kühlung schwoll er kaum an. Zum Glück war es (mal wieder) der rechte Fuß, der ja beim Fahren eher unbeteiligt auf der Raste herumsteht.

Ich stellte dann noch meinen Gatten zur Rede, ob er an der Kreuzung eventuell auf den Bus oder was gewartet hätte. Wie gesagt, war eigentlich nicht sein Stil.

Nein, er hatte auf unsere neue Bekanntschaft warten wollen, der Liebe.

Eine Winterreise

Nein, nicht die von Franz Schubert

Ich habe auch andere schöne Erinnerungen an die Villa. Obwohl die Vernunft und der Wetterbericht dagegen sprachen, wollten wir mal die Saisoneröffnung mitmachen, die ist immer Ende März. Da kann's unter Umständen milde sein ....

Diesmal begleiteten uns zwei Motorradfreunde, Peter (zu diesem später mehr) und Jojo (zu jenem auch später noch etwas).

Wir machten uns also freitagmittags auf die Puschen, und abgesehen davon, dass wir uns den Allerwertesten abfroren, verlief die Hinfahrt bis Abfahrt Mohringen bis auf ein paar Scharmützel mit A6ern und schwarzen BMWs ereignislos. Die 241 von der Autobahn über Uslar Richtung Weser bietet dann schon einen kleinen Vorgeschmack auf die Kurvenfreuden im Weserbergland.

Wenn da nur nicht solche Schilder wären wie „70 nur für Motorradfahrer“ oder auch schön „Bis hierhin braucht der Hubschrauber 10 Minuten“.

Wir kamen also steif gefroren, aber alle zusammen in der Villa an und vernichteten zum Auftauen erst einmal diverse Kurze, was auch half, und die Paadie konnte losgehen.

Paadie heißt trinken bis der Arzt kommt, tanzen bis man umkippt und Gebärdensprache wegen der Phonzahl.

Sehr beliebt ist der Hit „Living next door to Alice“, da beim Refrain „Who the fuck is Alice?“ alle mitgrölen können.

Aber die Stimmung ist riesig, das Befinden am nächsten Tag katastrophal und nur durch das üppige Frühstück und ein paar Aspirin in den Griff zu bekommen. So mancher hat dann am Samstagmorgen mit dickem Kopf und fahruntüchtig auf dem Hof herumgestanden und den Kollegen neidisch nachgeschaut, die sich auf eine schöne Tour ins Weserbergland begaben. Einmal traf dieses Schicksal auch meinen Hasen, woraufhin er Wodkaverbot erhielt!

Wie immer sonntags dann die Rückfahrt; bis kurz vor dem Solling keine besonderen Vorkommnisse.

Und dann wurde die Landschaft immer weißer! Ich verfiel in Panik und Schritttempo.

Es fing wieder sachte an zu schneien (auch eine Form von Regen, ha ha).

Auf der Autobahn wurde es dann richtig gruselig. Dicke Flocken tanzten vor dem Visier, welches ständig beschlug. Aufmachen brachte auch nichts, dann knallte mir der Schnee in die Augen. Halbblind eierte ich vorwärts, die Jungs – mal wieder – schon weit voraus.

Ich hätte vor Wut, und auch Angst, heulen können und nahm übel. So etwas würde eine Frau nicht machen, ihre Kumpeline so hängen lassen.

Da ich mir nicht mehr zu helfen wusste, fuhr ich auf den Seitenstreifen, um dieses Visier in den Griff zu kriegen. Irgendwie musste ich es bis zur nächsten Tankstelle schaffen. Dort würde ich nach einem Auto mit heimatlichem Kennzeichen Ausschau halten und um Mitfahrgelegenheit bitten. Ja, ich wollte mein Mopped aufgeben!

Wenn man so auf dem Standstreifen herumsteht, ist es irre, wie die Autos an einem vorbeibrausen, richtig Furcht erregend.

Außerdem hatte sich dort der weg geschleuderte Schneematsch aufgetürmt.

Ich stand nun vor der Aufgabe, einerseits beschleunigen zu müssen, um mich wieder einzureihen, andererseits nicht im dem glatten Matsch auszurutschen. Das gelang mir tatsächlich (soo unbegabt war ich auf dem Mopped wohl doch nicht, wie mir in den Manöverkritiken, die nach fast jeder Ausfahrt im Allgemeinen erfolgten, suggeriert worden war) und ich erreichte mit letzter Kraft die Raststätte, wo ich auch auf die treulosen Typen traf. Stinksauer und bibbernd vor Kälte gab ich bekannt, dass ich keinen Meter mehr fahren würde.

Mein Liebster hatte in seiner Jacke ein Antibeschlagzeug, mit dem er mein Visier einrieb (auch schon!) und er versprach, nun in meiner Nähe zu bleiben. Mental neu gestärkt stieg ich dann doch wieder aufs Motorrad, aber auch nur, weil die

Temperatur etwas über dem Gefrierpunkt lag und kein Glatteis drohte.

Viele Stunden später sind wir dann doch wohlbehalten und ziemlich erledigt zu Hause angekommen und mussten uns gegenseitig die Motorradklamotten ausziehen wegen der steif gefrorenen Finger.

Ich nahm erst einmal ein heißes Bad und musste an Therese denken.

Aber das Knochenmark taute erst am nächsten Tag wieder auf.

Eine Saison lang hatte ich mal heizbare Griffe am Mopped. Hase meinte zwar, dass sähe blöde aus an einem Sportler, aber ich fand es sehr angenehm, sind doch Hände und Füße die anfälligsten Körperteile bei Temperaturen um 0°.

Aber auch im Sommer kann es durchaus passieren, dass man bei Sonnenschein startet und in der Dämmerung erst wieder auf dem Heimweg ist. Dann kann's auch unangenehm klamm werden. Wenn dann trotzdem die Hände schön mollig warm sind, genießt man die wabernden Nebelbänke auf den Wiesen und die beinlosen Kühe erst so richtig. Und wenn dann noch der Mond so fahl ......, he, ich werde romantisch. Aber das ist wirklich eine ganz eigene Stimmung, die man so auf dem abendlichen Sofa nicht erlebt.

MoGo

Aber es wurde auch wieder Sommer und die winterlichen Schrecken waren vergessen.

Es stand der Motorradgottesdienst in Hamburg an.

Das MUSS man mal mitgemacht haben! Man stelle sich vor – da wird, zwar an einem Sonntag, aber trotzdem – mitten in Hamburg eine sechsspurige Hauptverkehrsader, die am berühmten Michel vorbeiführt, komplett gesperrt!

Bis zum Mittag versammeln sich dort über 30.000 Maschinen jeglichen Couleurs, vom Roller über die Dickschiffe bis hin zu den Rennziegen.

Und die dazugehörigen Typen erst! Da gehen unzählige Filmmeter drauf, um die alle einzufangen. Auch hier, von ... bis: verkappte Racer, Opas, Banker und Figuren, denen frau nicht im Dunkeln begegnen möchte, aber es herrscht eine fröhlich-friedliche Atmosphäre.

Und natürlich auch Frauen, auch in allen Schattierungen. Ich finde diese Vielfalt gut, nur zu Stöckelschuhen fällt mir gar nix ein; ja, wurden auch gesichtet!

Genial auch eine Familie zu beobachten – sie im fast museumsreifen Gespann mit 2 Kindern, er auf einer liebevoll gepflegten Java aus den Fünfzigern. Daneben ein dicker Bauch mit Lederweste mit der Aufschrift auf dem Rücken „Wenn Sie dies lesen können, habe ich meine Sozia verloren“ ....

Es werden gelbe Bändchen verteilt gegen eine Spende, dieses wird am Bike befestigt, soll einen beschützen und unterwegs sieht man gleich, wer sonst noch da war.

Und der Slogan lautet: „Fahr nicht schneller, als dein Schutzengel fliegen kann! ”

Muss wieder liebevoll an Therese denken.

Wir schaffen es, trotz der Massen in den Michel zu gelangen, wo der Gottesdienst abgehalten wird. Alles ziemlich locker und zwischendurch Gospels.

Ich bin für solche Stimmungen ziemlich anfällig, fast rührselig und kämpfe schon ein bisschen mit den Tränen, wie peinlich.

(Richtig peinlich war es mir, als ich im Kino „Dschungelbuch“ gesehen habe und an der Stelle, wo die Tiere Mogli aus dem Dschungel und zu den Menschen bringen wollen, fast in Tränen ausbrach. Doch wie pflegte eine frühere Freundin immer zu sagen: peinlich gibt es nicht, nur ungewohnt).

Ich versuche also, mich abzulenken und lasse meine Blicke schweifen, zumal gerade der Zeitpunkt kommt, an dem der verunglückten Motorradfahrer gedacht wird.

Ich bin gar nicht persönlich betroffen, trotzdem, und dann noch dieses Trompetensolo.

Ich ringe also mal wieder um Fassung, da fällt mein Blick auf einen schon etwas älteren Biker, Marke beinhart. Und dem rollen gerade ein paar Tränen über die stachelige Wange. Das hat mir den Rest gegeben und gesenkten Hauptes (hoffentlich merkt es keiner) schleiche ich mit den anderen 4.999 zum Hauptportal hinaus. Aber in der Vorfreude auf die bevorstehende Ausfahrt hat das hoffentlich keiner mitbekommen.

Dann steigt alles auf die Maschinen und eine unglaubliches Getöse setzt ein, als sie angeworfen werden. Vorweg der Pastor, nunmehr in Lederkluft, und dann geht es im Konvoi quer durch die Stadt vorbei an jubelnden Menschen, ja, wirklich, eine Riesenstimmung, zur Autobahn. Auch die ist in einer Richtung kilometerlang gesperrt und das ist schon ein unvergleichliches Gefühl, dort mitzufahren.

Die Leute an den Straßenrändern und auf den Brücken, auch solche, die mit der ganzen Bikerei sonst nichts am Hut haben, sind echt begeistert. Das Ganze endet dann auf einer Wiese mit Würstchenbuden und einer Band, die Krach produziert, aber es hat riesig Spaß gemacht, obwohl mir am nächsten Tag das linke Handgelenk von der ständigen Kuppelei weh tat und Hase eine halbe Kohlenmonoxydvergiftung hatte.

Rügen

Da es keine politischen Einschränkungen mehr gab, wollten wir uns endlich Rügen anschauen. Ist von uns aus nicht so weit und geeignet für einen Wochenendtrip.

Auf der Tankstelle in Stralsund lernen wir einen jungen Mann kennen, einen echten Rügener. Er gibt uns eine Telefonnummer, unter der wir wegen eines Zimmers anrufen und auch von Rolf grüßen sollen.

Dort ist alles belegt, aber beim Nachbarn ist noch was frei, ein romantisches Gartenhäuschen. Wir fühlen uns gleich wohl und die Wirtsleute sind sehr nett.

Laut Ratschlag meiner Mutter müssen wir uns unbedingt Putlos ansehen.

Die Überlandstraßen sind nicht nur von den berühmten Bäumen gesäumt, sondern auch frisch geteert (Soli).

An dem wegweisenden Schild biegen wir ab, nicht ahnend, dass uns eine 8 km lange Schotterpiste erwartet. Mit eingeschlafenen Händen, hervorgerufen durch die Vibrationen, erreichen wir den sagenhaften Ort – ein verschlafenes Nest, dessen Einwohner angeblich noch gar nicht wissen, dass der Krieg zu Ende ist.

Hängt vielleicht damit zusammen, dass dort immer noch geschossen wird (Truppenübungsplatz).

Muttern wird angerufen und zur Rede gestellt. Nun, sie war seinerzeit in einem bequemen Reisebus dorthin unterwegs wegen irgendeinem Mahnmal oder so.

Abends hocken wir dann vor unserem Domizil und werden von unseren Wirtsleuten zum Sprottenessen, eigenhändig geräuchert, eingeladen. Super lecker!

Die Nachbarn gesellen sich dazu und wir richten endlich die Grüße von Rolf aus.

Die Frau wird total blass – das ist ihr Sohn! Seit 2 Jahren hat sie nichts mehr von ihm gehört.

Er war bei der NVA gewesen und kam nach der Wende mit seinem Leben nicht mehr zurecht und war dann verschwunden. Sorgenvoll fragt sie uns nach seinem Zustand und mein Hase beruhigt sie: „Och, der hatte 'ne gesunde Pennerfarbe!" Unterm Tisch trete ich gegen sein Schienbein.

Die Nacht wird sehr feucht-fröhlich, woran der „Bärenfang", ein übles Gesöff, das vernichtet werden muss, nicht ganz unschuldig ist.

Zum Glück brauchen wir nur drei Mal lang hinfallen – Hase nimmt dabei noch die Topfpflanze am Eingang mit – und wir sind im Bett.

Gegen Mittag wachen wir mit einem gepflegten Brummschädel auf. An der Tür hängt ein Beutel mit frischen Brötchen!

Ich versuche, darüber nachzudenken, ob die Sache mit Rolf nun in die Abteilung Schicksal oder Zufall gehört.

Wir haben dann noch jahrelang mit unseren Gastgebern Weihnachtskarten ausgetauscht und jedes Mal die Hoffnung ausgedrückt, bald wieder zu kommen.

Leider ist bisher nichts daraus geworden, aber diesen Urlaub und diese Menschen werden wir nie vergessen.

Dresden

Wie schon erwähnt, ist Hase Sternzeichen Stier und sein Geburtstag stand an.

Was schenkt frau einem Mann, der schon alles hat bzw. dessen Träume laut Kontostand nicht zu finanzieren sind?

Da fällt mir ein Bericht über das Openairkonzert in Dresden in die Hand, es gibt „Carmina Burana". Nun bin ich nicht der Klassik-Freak (Hase ist es berufsbedingt), aber *das* gefällt mir auch! Und man stelle sich die Kulisse und Atmosphäre vor (nach Verona hatten wir es nie geschafft). Also Tickets bestellt, Hotel gebucht (toll, wie das übers Internet funktioniert) und das Ganze nett verpackt.

War auch eine gelungene Überraschung.

Auto als Transportmittel kam natürlich nicht in Frage und so musste das festliche Outfit zu Hause bleiben. Im Hof des Zwingers mischten wir uns in unseren Lederkombis unter das illustre und aufgerüschte Volk. Heißer Tipp, wenn man gerne im Mittelpunkt steht – die Aufmerksamkeit ist einem sicher!

Falls es regnen sollte, würde die Veranstaltung nach drinnen verlegt. Ach, und wir, die Regenmacher, waren anwesend!

Doch noch war es trocken.

Die Vorstellung war toll, der letzte Ton gerade verklungen – da fiel der erste Regentropfen. Na, wer sagt' s denn.

Menschen, die gerade noch genussvoll der Musik gelauscht hatten, erfasste plötzlich die Hektik und alle wollten so schnell (und rücksichtslos) wie möglich durch die engen Gassen von Dresdens Innenstadt nach Hause. Wir mitten im Gewühl, auf mittlerweile glitschigem Kopfsteinpflaster und ebensolchen Straßenbahnschienen, auf dem Weg in unser Hotel.

Dieses war klein, aber fein und lag außerhalb von Dresden auf einem Berg.

Das letzte Stück war ein besserer Feldweg und das im Stockdunklen. Der Soli war bis hierher noch nicht vorgedrungen.

Ich war froh, ohne Zwischenfall in unserer Unterkunft einzutrudeln.

Es war schon Feierabend, aber der Sohn des Hauses war noch auf. Mit Söhnen des Hauses hab ich Glück! Da wir natürlich keinerlei Alkohol zu uns genommen hatten, stand uns der Sinn nach Bier.

Hoffnungsvoll wurde unser Wirt befragt: „ ......, kann auch aus der Flasche sein!“

Während wir uns umzogen, wurde unten die Terrasse vorbereitet – ganz für uns allein, im Nieselregen! Schirm aufgespannt, Tisch und Stühle abgewischt und mit Sitzpolstern versehen, Windlicht entzündet und gezapftes (!) Bier aufgefahren, es war sagenhaft!

Da saßen wir beide nun mitten in der Nacht mit romantischem Blick auf das nur durch die gelblichen Straßenlaternen erleuchtete Elbtal.

Eine weitere Nacht, die wir nie vergessen werden.

Griesbach

Mein Hase hat eine Kollegin, die mit einem Elsässer verheiratet ist.

Beide besitzen ein Haus im Elsass. Was liegt näher, als sie dort im Sommer zu besuchen. Griesbach, Waldstraße Nr. 9. Wir machen uns also auf den Weg, ca. 700 km liegen vor uns und es regnet nicht.

Gegen Abend kommen wir in Griesbach an, finden die Straße, die Hausnummer, nur der Name an der Tür stimmt nicht! Wir sind ratlos und klingeln.

Zum Glück sprechen die Inhaber deutsch.

Wie sich herausstellt, gibt es im Elsass diverse Griesbachs und wir haben halt das falsche erwischt. Man muss auf die Zusätze achten: Griesbach au ...! Also Karte gezückt und mal richtig nachgeguckt. Zum Glück ist „unser" Griesbach nicht so weit weg, aber es muss noch getankt werden.

Also steuern wir die nächste Tankstelle an. Madame ist, wie soll ich sagen, fortgeschrittenen Alters und aufgemotzt wie eine 14-jährige, zudem nicht ganz nüchtern und außerdem fehlen ihr ein paar Zähne. Das passt gut zu der Weihnachtsdeko im Verkaufsraum – im Juli! Kein Scherz!

Das hebt die Stimmung, wir brechen fast zusammen! Gut gelaunt machen wir uns auf ins richtige Griesbach und finden auch am späten

Abend unsere Gastgeber, die sich schon Sorgen machten.

Wir haben dann dort ein paar herrliche Tage verlebt und zusammen die Gegend erkundet. Mich wunderten die vielen deutschen Ortsbezeichnungen, aber Pierre klärte uns auf, dass es mal eine Abstimmung gegeben hätte, die zugunsten der deutschen Varianten ausgefallen war.

Abends kehrten wir ein, um Flammeküchle zu essen und zum Entsetzen der Elsässer tranken wir dazu Bier!

Auch Franzosen hatte ich vor Jahren schon mal schockiert. Damals war Pernod/Cola das Modegetränk in Allemagne. Immer wenn ich diese Kombination, die als Longdrink geplant war, bestellte, bekam ich: ein kleines Glas mit Eis, eine Flasche Cola und ein Gläschen mit Pernod, der Tisch war ständig überfüllt. Die Franzmänner schüttelten sich beim Anblick meiner Mixtur, na ja, die Farbe war auch etwas eklig.

Im Laufe eines langen Abends und nicht mehr ganz nüchtern hatte ich die Nase voll, kombinierte Englisch mit Französisch und bestellte: un Pernod, un Coca Cola et une grand glass, s'il vous plaît!

Serviert wurde mir das bekannte kleine Glas, eine Flasche Cola, ein Pernod *und* eine riesige Portion Speiseeis! (Für die, die des Französischen genauso wenig mächtig sind wie ich: phonetisch glass = glace = Eis).

Apropos Fremdsprachen .....

Hase hat auch einen Kollegen, der mit einer Japanerin verheiratet ist. Diese bat er, ihm die Schriftzeichen für Honda aufzuzeichnen. Er hat sie dann mühevoll auf weiße Folie übertragen, ausgeschnitten und vorne auf die Verkleidung seines Motorrades geklebt.

Sah klasse und einmalig aus, ich hoffte nur, es bedeutete wirklich „Honda" und nicht irgendetwas Schweinisches.

Hat's alles schon gegeben. Vor Jahren liefen Touristinnen stolz mit T-Shirts herum, verziert mit hübsch anzusehenden japanischen Zeichen, die allerlei Anrüchiges verkündeten.

Peter

Ich wollte noch erzählen, wie ich Peter kennen lernte.

Wir wohnten damals in Hamburg und kamen von einer Spritztour zurück. Auf dem Bürgersteig zerlegte ein Typ, Marke Heizer, gerade sein Mopped.

Wir kamen ins Gespräch und es stellte sich heraus, dass er vor kurzem in eine Wohnung gegenüber eingezogen war.

Wir beschlossen, mal zusammen eine Ausfahrt zu machen. Ich wies ihn darauf hin, dass ich noch Anfängerin sei, was ihn aber nicht störte.

Am nächsten Tag fuhren wir also los, aus unerfindlichen Gründen ich vorne weg. An der nächsten Kreuzung hielt ich vorschriftsmäßig an wegen des Stoppschildes, als es auch schon krachte.

Peter hatte sich nur nach links vergewissert, dass die Bahn frei war und war einfach losgeprescht, das Schild hatte ihn nicht weiter beeindruckt. Da lag ich also, Blinker abgerissen, diverse Lackschäden am meinem Motorrad und ich total verschreckt.

Die Ausfahrt war damit beendet, aber es war der Beginn einer langen Freundschaft, wie es so schön heißt.

Risiko

Die meisten meiner Motorraderlebnisse erzähle ich meiner Mutter nur in abgemilderter Form. Sie hat immer Angst um mich und will davon gar nicht so viel hören.

Laut Statistik ereignen sich die meisten tödlichen Unfälle im Haushalt.

Sie sollte sich lieber Sorgen machen, sobald ich den Schlüssel nicht ins Zündschloss sondern ins Haustürschloss stecke.

Holland

Ich werde nie begreifen, wie es Händlern gelingt, in Holland heiße Öfen zu verkaufen.

Abgesehen von den allgegenwärtigen Geschwindigkeitsbeschränkungen und Milliarden von Blitzanlagen bietet dieses Land nun wirklich nichts, was ein Motorradfahrerherz höher schlagen lässt. Daher haben sie ja auch das Länderkürzel NL = nix los.

Es sei denn, es ist GP-Zeit in Assen!

Mein Hase und ich sind keine großen Planer und fuhren deshalb spontan hin, ohne Eintrittskarten und ohne gebuchte Unterkunft.

Nach einer stinklangweiligen Anreise ging die vorerst erfolglose Sucherei nach einem Zimmer los.

Camping kann ich gar nichts abgewinnen und die Storys, die wir über die örtlichen Zeltlager und die dort üblichen „Feiern“ gehört hatten, bestärkten mich in meiner Einstellung.

Schließlich landeten wir vor dem einladend aussehenden „Hotel Sint Nicolaas“ in der Brinkstraat 1 ungefähr 10 km außerhalb von Assen.

Wie immer wurde ich vorgeschickt und von dem Besitzer, Typ englischer Landlord, begrüßt und begutachtet.

Nachdem er offensichtlich eine Entscheidung getroffen hatte, knallte er mir herzhaft die Hand auf die lederne Schulter und teilte mir mit, dass er tatsächlich noch ein Zimmer frei hätte.

(Wir haben dann noch in seinem Wohnzimmer mit der Familie Fußball geguckt. Ich glaube nicht, dass Autofahrer je in diesen Genuss gekommen sind.)

Am nächsten Tag – der GP findet in Assen immer samstags statt, muss man jedes Jahr wieder dran denken – auf zur Rennstrecke. Karten gab's natürlich keine mehr, d. h. nur noch ein paar Stehplätze auf der Wiese. Die Holländer waren darauf eingerichtet mit Klapphocker und Kühltasche.

Entweder es regnet, wenn wir unterwegs sind, oder es ist heiß.

Diesmal traf das Letztere zu. Da es nirgends Schatten gab, kaufte ich aus Verzweiflung eine Baseballkappe, obwohl ich damit total bescheuert aussehe.

So standen wir dann in der sengenden Sonne in voller Montur an der staubigen Rennstrecke und versuchten, von den Ereignissen etwas mitzubekommen. Die Durchsagen konnte ich nicht verstehen und ab und zu kamen Motorräder mit einem Höllenlärm vorbeigerast, aber wer wo an welcher Stelle lag, war nicht auszumachen.

Da lob ich mir Eurosport, aber die ganze Atmosphäre in Assen ist einmalig und das sollte frau auch einmal im Leben erlebt haben.

Nach dem Rennen fuhren wir noch in die Innenstadt von Assen – Biker wohin man blickte und eine tolle Stimmung.

Außerdem viel Kopfsteinpflaster. Wir wollen parken, da neigt sich Hases Mopped plötzlich gefährlich in dessen Richtung – anscheinend hatte sich der Seitenständer einfach wieder eingeklappt. 10 cm überm Boden kann er sie noch abfangen, aber nicht mehr lange halten!

Zum Glück erfassen ein paar Biker die Situation und kommen herübergesprintet, um ihm beim Aufrichten zu helfen.

Ich glaub, ihm war das ein bisschen peinlich so vor versammelter Mannschaft, aber so ist das eben mit Unebenheiten.

Während der Rückfahrt zu unserer Unterkunft werden wir von der holländischen Polizei angehalten. Automatisch schlechtes Gewissen bei mir, aber wir hatten uns doch penibel an die vorgeschriebene Langsamkeit gehalten!

Freundliche Nachfrage nach unsere Papieren, alles in Ordnung.

Auf meine Frage, warum sie uns angehalten hätten, erklären sie uns: weil wir ohne Gepäck und mit ausländischen Kennzeichen auf einer holländischen Straße zu Zeiten des Grand Prix unterwegs seien. Ah ja, wie aufmerksam! Aber auch sehr beruhigend, gerade bei solchen Großveranstaltungen wird bekanntlich viel geklaut, da können die Kriminellen im Überangebot schwelgen.

Den Vogel abgeschossen hatte das Gesindel bei einem GP in Italien.

Dort waren mehrere Container aufgestellt und als Parkplätze für die Motorräder angeboten worden. Ja, genau, gegen Ende der Vorstellung waren alle Container samt Inhalt verschwunden!

Motorradtreffen

Eigentlich fahre ich nicht gern zu diesen viel gepriesenen Treffen.

Nachdem frau sich on Tour stundenlang die Hand lahm gegrüßt hat, läuft bei diesen Treffen gesprächsmäßig wenig, außer bei denen, die sich so wie so schon kennen.

Wenn überhaupt, wird mein Liebster kontaktiert wegen seiner Aprilia Mille, ich existiere kaum. Und dann diese langweiligen „Benzingespräche“ – eine einzige Prahlerei verhinderter GP-Sieger über ihre Fahrkünste und ihre tollen Maschinen.

Wahrscheinlich müsste ich mal als Barbie-Verschnitt auf einer 1000er MV Augusta angerauscht kommen, aber dann trauen sich die Jungs wohl erst recht nicht!

Kommt frau aber doch mal ins Gespräch, wird natürlich gleich geduzt, egal, wie alt und woher. Das ist eindeutig und finde ich auch gut an der Szene.

Ansonsten ist man heutzutage eher verunsichert.

In manchen Bereichen des Lebens wird ohne Umschweife zum Du gegriffen, während in anderen das „Sie“ nur durch Verbrüderung und Geküsse nach reichlich Alkoholkonsum abzuwandeln ist.

Oder so kuriose Mixturen wie „ Frau Meyer, haste mal .....?“

Eines dieser Treffen ist am Zollenspieker, ursprünglich eine Schiffsanlegestelle an der Elbe. Für eine kleine abendliche Spritztour ein geeignetes Ziel.

Vor mir fährt seit geraumer Zeit ein Mopped mit einem, wie ich finde, etwas eigenartigen Fahrstil. An einer Kreuzung wollen wir beide rechts abbiegen.

Und ich mache den gleichen Fehler wie im Weserbergland: klären, ob links alles frei ist und Gas geben in der Annahme, der Vordermann tue das Gleiche.

Nun, ich habe ihn vom Bock geholt! Fahrer und Gefährt waren schon ziemlich betagt, mir war das sooo unangenehm. Außer ein paar kleinen Kratzern hatte sein Mopped zwar nichts abbekommen (meine sah mitgenommener aus), wollte aber auch nicht mehr anspringen. Da ich keine Papiere dabei hatte, bot ich ihm an, die Polizei für das Unfallprotokoll herbei zu holen. Davon wollte er nun gar nichts wissen und meinte, die bekäme er schon wieder flott.

Ich wollte ihn in der Situation auch nicht alleine lassen, sondern wartete etwas genervt seine Versuche ab, innerlich auf den Tank trommelnd, aber tatsächlich – es kam wieder Leben in den Motor.

Erleichtert blickte ich ihm hinterher und bemerkte, dass er den Blinker anscheinend generell ungern setzte. Also entweder stand er noch unter Schock oder er hatte gar keinen Führerschein, was seine vehemente Ablehnung, polizeiliche Unterstützung anzufordern, erklären würde.

Ein Treffen ganz anderer Art ist das jährliche Harley Festival auf der Reeperbahn.

Ja, wir haben uns mit unseren Japanern hingetraut, obwohl ich mal gehört hatte, dass diese in Amerika gern mal in die Bäume gehängt und abgefackelt werden.

Das ist schon ein Völkchen für sich und doch ist es faszinierend, dieser Selbstdarstellung zuzuschauen. Obwohl – wenn mancher Harleyfahrer sich von hinten sehen könnte ....

Nachdem wir genug Latex, Busen und Tätowierungen gesehen haben, wollen wir wieder nach Hause, eigentlich gemeinsam, doch in dem Gewühle habe ich ihn aus den Augen verloren. Ich fahre die Reeperbahn hinauf und hinunter und ab und zu sehe ich auch Hase aus einer Seitenstraße herausschießen, offensichtlich auf der Suche nach mir, aber es gelingt mir nicht, mich bemerkbar zu machen. Komme mir vor wie im Zeichentrickfilm. Schließlich habe ich die Nase voll und warte ewig an einer Ausfallstraße Richtung Heimat.

Aber Hase taucht nicht wieder auf. Verdrossen mache ich mich auf den Heimweg – und wer sitzt schon beim ersten Bierchen auf der Terrasse?

Solche Missverständnisse sind uns anfangs öfters passiert. Übel ist das, wenn man fern der Heimat unterwegs ist und kein festes Ziel ausgemacht hatte. Da kommt dann schon mal Panik auf, ausrufen lassen ist nicht: „Die kleine Nati möchte an der Kreuzung X abgeholt werden ..."

Und es war immer meine Schuld! „Du musst dicht hinter mir bleiben!" Witzig!

Somit beschlossen wir, Handys anzuschaffen, um uns wenigstens wieder zusammen zu telefonieren.

„Handy" – wer hat's erfunden??? Nein, nicht die Schweizer. Die Firma Philipps war's, die diese Bezeichnung kreierte. Sie hatte sich seinerzeit auch den Namen „Porto" für ein tragbares Autotelefon in den 70er Jahren ausgedacht, was lag da näher?

Seitdem machen sich die Deutschen immer wieder gerne zum Gespött der Angelsachsen.

Nachwuchs

Das Interesse am Motorradfahren kann bei der weiblichen Bevölkerung schon früh geweckt werden.

Ich besuchte mal eine Freundin in einem Kaff außerhalb von Hamburg, natürlich mit dem Mopped.

Auf ihre vierjährige Tochter Anna muss ich wohl einen starken Eindruck gemacht haben.

Beim Besuch des nächsten „Dom" (riesiger Jahrmarkt 4 x pro Jahr in Hamburg) stürzte sie auf das Kinderkarussell zu mit den Worten: „Da, Tante Nate!" und wollte unbedingt und nur auf dem Motorrad mitfahren.

Da fällt mir eine Scherzfrage ein:

Stell' dir vor, du sitzt auf einem Motorrad. Vor dir ein Krankenwagen, hinter dir die Polizei! Wo bist du???

Auflösung im Anhang.

Manchmal sieht man unterwegs so attraktive Gegensätze wie zierliche Frau auf einer richtig schweren Maschine. Wenn sie diese dann auch noch super beherrscht, kommt das rattenscharf rüber!

Apropos – unser Kaff hat auch ein Kaffblättchen mit eindeutigen Anzeigen: „Nimm ihn (den Hörer??????) in die Hand und ruf' an!" Neuerdings scheint der Trend zu betagten Liebesdienerinnen zu gehen, fast vom Hocker hat mich die „rattige Rentnerin (59)" gehauen, aber auch die „immer geile Oma" ist in jeder Ausgabe dabei; es muss einen Markt und Bedürfnisse geben.

Mal im Auge behalten, wenn die Zeiten schlechter werden, wegen kleinem Zubrot. Nach dem Motto: ich bin alt und brauche das Geld!

Das gleiche Blatt vermeldete die Neugründung einer Zeittauschbörse: ich mähe deinen Rasen, du schneidest mir die Haare ...... riecht schwer nach Schwarzarbeit, oder? Und enthält unfreiwillige Komik – unter der Rubrik „Fotografie" werden die Stichworte

Portraits und Lebenshighlights
*
Einschulung, Hochzeit, Scheidung

angeboten.

So einfach kann Lebensplanung sein!

Gibt es eigentlich Leute, die ihre Scheidung fotomäßig verewigen???

Wie ich schon erwähnte, lebten wir bis vor 11 Jahren in einer Großstadt und nun eben in diesem

Kaff, aber dafür in unserem Traumhäuschen (auch Liebe auf den ersten Blick, auf den zweiten wurde es dann teuer, da es doch schon ziemlich betagt und renovierungsbedürftig war). Wir freuten uns auf geruhsame Stunden auf unserer neu angelegten Terrasse – aber nix da, am Wochenende werden sämtliche vorhandenen Geräte und Maschinen angeworfen, wir sind von Do-it-yourselflern und Sauberkeitsfanatikern umzingelt!

Das erklärt auch unsere weißen Ohren am ansonsten sommerlich getönten Körper. Schleifmaschinen, Bohrmaschinen, Rasenmäher, elektrische Heckenscheren, Hochdruckreiniger – diesen Frequenzen kann man nur durch Lärmschutzkopfhörer entgehen.

Ich denke, ich werden diesen ganzen Krach mal aufnehmen und unseren Nachbarn per Endlosband vorspielen, während wir uns natürlich auf den Moppeds verdrücken!

Ich habe zu diesem Thema mal einen Leserbrief an das örtliche Käseblatt geschickt, welcher prompt veröffentlicht wurde. In diesem hatte ich verraten, dass ich am Wochenende bei entsprechender Wetterlage Liegestuhl, Buch und Picknickkorb einpacke und mich ins Industriegebiet begebe – dort herrscht eine himmlische Ruhe!

3. Motorrad

War es Zufall oder Schicksal? Für beide Thesen gibt es gute Argumente, jedenfalls besuchten wir einen Motorradkumpel und da stand meine 600er, nur jünger und viel schöner anzusehen, BJ 95 in rot/gelb/grau, erst 16.000 km runter, topp Zustand und attraktive Details wie White-Power-Federbein, Leistungssteigerung durch Ansaugstutzen (verstehe nur Leistungssteigerung – klingt gut!), Rennfußrasten, Remus Auspuff UND zu verkaufen! Kurz Kontostand rekapituliert – JA!

Die fahre ich heute noch und ganz abgesehen von ihren hervorragenden Fahreigenschaften liebe ich ihren dunklen Sound. Dem Vorbesitzer wurde irgendwann klar, dass er einen Fehler gemacht hatte, aber die gebe ich nicht wieder her.

Ich muss mal etwas gestehen. Wenn ich so mit ihr dahinbrause, verspüre ich ein unheimliches Machtgefühl, ein Gefühl, dass Frauen nur selten vergönnt ist.

Diese ganze Power unter mir, diese Beschleunigung, das ist mit nichts zu vergleichen!

Ich bin in meinem Leben auch schon schnelle Autos gefahren, aber für dieses Gefühl lass' ich jeden XXX stehen.

Außerdem kann man mit Autos geblitzt werden. Das ist beim Motorrad, so lange man nicht von einem Videowagen verfolgt wird, kein Thema. Es wurden in einschlägigen Fachblättern schon Fotos veröffentlicht, die von Blitzanlagen geschossen worden waren, auf denen nicht nur gezückte Mittelfinger sondern auch bare Busen (der Sozia) zu sehen waren, aber eben kein Nummernschild!

Neuerdings gibt es allerdings ganz harmlos aussehende Motorräder mit eingebauter Kamera.

Also aufgepasst: nicht jeder Typ, der hinter einem herrast, macht das wegen eines kleinen Privatrennens. Wenn ich den TV-Bericht richtig in Erinnerung habe, sind „Krafträder“ mit blauer Lackierung sehr verdächtig.

Autos sind für uns so wie so kein Thema mehr, seit wir Motorrad fahren. Wir haben jetzt so ein pinkiges Kleinteil, heißt Paulchen P. und steht auch draußen an der Hecktür, in blauer Folienschrift, dran. Die Auswahl der Farbe geschah allerdings eher unfreiwillig. Ich hatte eine telefonische Rundfrage bei den Händlern gestartet und den Kauf bei dem preiswertesten abgeschlossen, Farbe: magentarot, warum nicht, was Klassisches, benannt nach einem italienischen Ort. Als der Verkäufer uns zu unserer neuen Blechdose führt, fällt Hases Kinnlade tief, sehr tief, und er kann nur noch flüstern: „Was, der mit der Schwulenfarbe?“

Und da fiel es mir auch wieder ein, woher ich diese Farbbezeichnung kannte – Telekom!

Doch interessanterweise nehmen die Leute Rücksicht auf ihn, vor allem beim Einfädeln in die Autobahn. Selbst LKWs gehen auf die mittlere Spur, damit wir eine Chance haben.

Das versöhnt dann wieder.

Allerdings sind Autos im Vergleich zu Moppeds unschlagbar, wenn es ums Wetter geht. Wir sind mal per Motorrad nach Hamburg gefahren, das ist ca. 35 km entfernt.

Regen war zwar keiner angesagt, aber es sollte recht windig werden. Und das wurde es auch! An einer Kreuzung, wohl bedingt durch die Häuserschluchten, riss es mir fast das Mopped um.

Abends in den Nachrichten hörten wir, dass der Wind an dem Tag teilweise die Geschwindigkeit von 150 km/h erreicht hatte. Und wir hatten uns schon gewundert, warum wir die einzigen Motorradfahrer unterwegs waren.

Das Gute an solchen unfreiwilligen Erfahrungen ist, dass es immer weniger Umstände gibt, die einen erschüttern können.

Einmal war ich mit Paulchen P. unterwegs und musste an einer Ampel halten. Vor mir ein Motorradfahrer.

Er hält an – und kippt um! Herzinfarkt??? Ich helfe ihm, die schwere Maschine wieder aufzuheben und frage, was los ist.

Mit ihm war alles bestens, nur war er 20 Jahre lang Gespann gefahren und hatte vergessen, die Füße runter zu nehmen!

Aus Gründen, die ich vergessen habe, war Hase mal allein in der Villa und lernte den Norweger Ole nebst 11-jährigem Töchterchen kennen. Die beiden waren in einem Gespann unterwegs, das den deutschen TÜV nicht überlebt hätte. Manche Teile waren nicht nur stark verrostet, sondern wurden auch nur noch mit viel Paketband zusammengehalten, aber da sind wir Deutschen vielleicht zu pütscherig.

Blinker hätten sich auch nur ungünstig auf das Gesamtgewicht ausgewirkt.

Die Verständigung war etwas mühsam, was zum Teil an Oles Whiskykonsum (schließlich war er im skandinavischen Trinkerparadies) und zum Teil an Hases mangelnden Englischkenntnissen lag. Er war in der SBZ aufgewachsen und musste damals russisch lernen.

Das Töchterchen lächelte nur ab und an, sagte aber keinen Piep.

Plötzlich fühlte Hase, dass sich jemand an seinem Handgelenk zu schaffen machte – die Kleine band ihm eines dieser bunten, selbst geflochtenen Freundschaftsbändchen um!

Das ist heute noch zwischen unseren Urlaubsfotos verewigt. Ja, wir haben noch so etwas Altmodisches wie Fotoalben.

Dänemark

Doch, einmal sind wir nach Dänemark gefahren, d. h. da wollten wir durch, um nach Schweden zu gelangen, wo wir Bekannte besuchen wollten.

Im Rahmen der EU ist man etwas nachlässig, was das Checken der Papiere vor Reiseantritt anbelangt.

An der dänischen Grenze werden wir tatsächlich angehalten – Ausweiskontrolle – sehr ungewohnt!

Und mein Hase hat seinen nicht dabei, was werden die Grenzer machen? Ich weiß bis heute nicht, warum, aber sie ließen uns durch, wahrscheinlich, weil ich so einen Vertrauen erweckenden Eindruck machte.

Die 4 Kilo Heroin, die wir innen unter die Verkleidung der Moppeds geklebt hatten, haben sie zum Glück aber nicht gefunden (ha, ha, reingefallen, aber die Idee ist im Prinzip nicht schlecht, so könnte man seine Reisekasse ein bisschen aufbessern).

Dann haben wir Hunger und Durst und steuern eine Raststätte an.

Voll gestopft mit Hot Dogs wollen wir wieder los, Hase greift in seine Tasche – der Schlüssel ist weg!

Na toll! Hektische Suche im Restaurant, ohne Erfolg. Den Blick suchend auf den Boden gerichtet gehen wir zum Parkplatz zurück. Dort steht schon eine Polizeiauto, nanu?

Aber nicht unseretwegen, sondern wegen einer geklauten Maschine, die neben unseren gestanden hatte. Und Hases Schlüssel? Steckte unübersehbar im Schloss seines „Kofferraumes", sein Modell verfügt nämlich über ein kleines abschließbares Fach am Ende der Sitzbank, um das ich ihn schon oft beneidet habe.

Wir denken über die Funktionsweise krimineller Gehirne nach und kommen zu dem Schluss: wenn der Schlüssel steckt, wird angenommen, dass der Fahrer sich in der Nähe aufhält und das schreckt ab.

Empfehlenswert finde ich diese Methode jedoch nicht, obwohl Hase sie noch ein paar Mal (allerdings aus Schusseligkeit) exerzierte.

In Schweden musste ich unbedingt in eines dieser berühmten Porzellan-Outlets.

Nein, was für schöne Sachen und so preiswert! Ich hatte schon eine kleine Auswahl entzückender Schüsseln, Schalen und Becher mit Griffen in Heringsform zusammengestellt, als Hase vorsichtig anfragte, wie ich das alles transportieren wollte.

Och, kein Problem, irgendwie zwischen den anderen Sachen. Für eine unverbesserliche Optimistin lauert immer irgendwo eine Lösung.

Nachdem wir bezahlt hatten, wurde uns ein unförmiges, braunes Paket überreicht mit dem Ratschlag, dieses nicht vor Grenzübergang zu öffnen, da sonst die nicht unerhebliche Mehrwertsteuer nicht erstattet würde. Giftiger Blick meines Gatten.

Auf der Heimreise thronte das braune Gebilde auf seinem Tankrucksack und versperrte ihm die Sicht aufs Cockpit. An der Grenze dann noch ewige Sucherei und Warterei inklusive Ehekrise, bis wir schließlich unsere Steuern wiederbekamen und endlich umpacken konnten.

Mittlerweile sind die Stücke im Gartenhäuschen in der Abteilung „selten benutzt“ gelandet, denn so oft essen wir nun auch keine Heringe.

Ostsee

Ein anderes beliebtes Ziel unsererseits ist Haffkrug an der Ostsee. Wir haben mal schöne Nebenstraßen mit interessanter Streckenführung, in den Landkarten gelb eingezeichnet, ausklamüsert; man ist bescheiden hier im Norden.

In Haffkrug leihen wir uns immer bei Paule zum Vorzugspreis (vielleicht auch Motorrad bedingt?) einen Strandkorb. Speisen und Getränke haben wir dabei, passen problemlos in den Tankrucksack. Wir richten uns häuslich ein – ich liebe Strandkörbe! Auch hier erregen wir etwas Aufsehen durch unsere Lederklamotten, die wir wegen des Sandes in einem mitgebrachten blauen Müllbeutel verstauen. Es dauert nicht lange und wir sind mit den Nachbarn ringsum im Gespräch.

Erstaunlich viele haben in ihrem Leben doch auf die eine oder andere Art mit Motorrädern zu tun gehabt; sei es in der Nachkriegszeit als preiswertes Fortbewegungsmittel (wir klären darüber auf, dass diese goldenen Zeiten vorbei sind und es doch ein recht kostspieliges Hobby ist) oder „bis das erste Kind kam".

Um nicht so verklebt von der Sonnenmilch wieder in die Kombi steigen zu müssen, habe ich immer einen feuchten Waschlappen dabei trotz des Gelästers meines Liebsten. Das ist unfair, hat er doch von meiner umsichtigen Art zu reisen schon selber profitiert. Ich erwähne hier nur die Stichworte „mitten im Wald“ und „Hakle feucht“ (in den Platz sparenden Einzeltütchen ....).

Parkplatznot herrscht natürlich auch hier und so pflegen wir unsere Moppeds auf dem schmalen Niemandsland zwischen den kostenpflichtigen Autoparkplätzen abzustellen, ohne zu bezahlen. Wo soll man auch das Parkticket diebstahlsicher am Bike platzieren?

Als wir wieder gen Heimat wollen, hatte ich gehofft, dass wenigstens eines der benachbarten Autos inzwischen verschwunden wäre, damit ich mehr Platz zum Rangieren habe. Hineinfahren ist nicht das Problem, aber leider hatten die Straßenplaner nicht an uns gedacht und stattdessen eine unangenehme Kuhle eingebaut, die höchstens mit viel Schwung und nur in einem Rutsch zu überwinden ist, um wieder auf die Fahrbahn zu gelangen.

Jedes Jahr zu Saisonbeginn nehme ich mir vor, das Schieben zu üben, aber es kommt immer was dazwischen.

Während ich mich so startklar mache, kommt die Besitzerin eines der Wagen nebst Halbwüchsigem, Kleinkind und Kinderwagen an. Säuerlich macht sie mich an, dass sie nicht an ihren Kofferraum herankomme, um ihren halben Hausstand zu verstauen. Ich denke, sie hätte auch einfach nur ein Stückchen vorzufahren brauchen.

Na gut, Mütter haben immer recht und um die Stimmung zu entschärfen, sage ich scherzhaft, dass ich meinerseits gehofft hatte, sie wäre schon weg, da es für mich etwas problematisch ist, die schwere Maschine wieder auf die Straße zu bringen. Verständnislos starrt sie mich an, bis ihr hoffnungsvoller Sprössling sie darüber aufklärt, dass mein Motorrad keinen Rückwärtsgang hat.

Während wir dann auf dem Heimweg so durch die verschlafenen Dörfer gondeln, wundere ich mich oft über den Schilderwald „Vorsicht, Kinder!“, „Fahr 30, für mich“ oder „Pass auf, wir spielen hier“ – mit viel Liebe selbst gebastelt.

Abgesehen davon, dass ich den Eindruck habe, da wohnt so wie so niemand, habe ich noch nie Kinder gesehen! Das ist wohl auch der Grund, warum Belgier in Schleswig-Holstein nicht Urlaub machen .... pfui, das war jetzt politisch aber ganz und gar nicht korrekt!

Fehmarn

Ein weiteres beliebtes Ausflugsziel im Norden ist Burg auf Fehmarn, alias das Sonnenloch.

Zusammen mit einem anderen Paar besuchten wir diesen hübschen Ort.

Am Marktplatz (Achtung! Kopfsteinpflaster!) hatte ich gerade mein Motorrad abgestellt, als ich auch schon von ein paar sichtlich älteren Damen umzingelt wurde.

Sie waren erstaunlich interessiert, so von Frau zu Frau, und eine gestand verschämt, vor 50 Jahren selber mal „Motorradbraut“ gewesen zu sein und schwärmte immer noch von den sonntäglichen Ausflügen mit ihrem Liebsten.

Dann fiel mein Blick auf Joachims Hinterteil bzw. das seiner Maschine (das ist der, der uns seinerzeit mit dem Virus angesteckt hatte). Er hatte gar kein Nummernschild mehr!

Oh shit, und das samstagnachmittags. Was tun? Wir stärkten uns erst einmal in einem Café und wie ich so diese weißen Kuchenkartonagen, auf denen die Dinger namens Hüftgold nach Hause getragen werden, sehe, kommt mir eine Idee.

Wir basteln uns ein Kennzeichen! Also so ein Pappding – hat fast die Größe eines Schildes – und dicken schwarzen Filzer organisiert. Erwartungsvoll blicke ich Jojo an wegen seiner Buchstaben/ Zahlenkombination. Kann der Kerl sich doch glatt nicht daran erinnern! Nach und nach fällt’s ihm aber wieder ein. Von weitem sieht das Teil total echt aus. Das haben wir dann an seinem Motorrad befestigt und er ist damit noch ¼ Jahr durch Hamburg gedüst. Wie sich herausstellte, war auch noch ein Dreher in der Zahlenkombination.

Ob uns wohl jemand bei dieser Aktion beobachtet und daraufhin die Bezeichnung „Kuchenblech" für die unsportlich großen Saisonschilder geprägt hat???

noch mal Villa

Wieder einmal in der Villa in Lauenförde.

Eine Fahrt in die Villa ist fast immer nass, entweder hin oder zurück.

Wie wir dem Gästebuch entnehmen können, regnet es relativ häufig (auch wenn wir gar nicht vor Ort sind), was aber der guten Stimmung nicht groß schadet.

Wenn man die Weser überquert und den Ort Beverungen hinter sich zurückgelassen hat, dann kommt Polle! Hinauf in die Berge und Spitzkehren und tolle Kurven erleben. Erst gemächlich und dann immer ein bisschen schneller, na ja, ich nicht so schnell wie Hase, das traue ich mich doch nicht! Aber er will die Angstnibbel an den Fußrasten loswerden! Hinauf, umdrehen und wieder hinunter, wobei ich aufwärts besser bewältige, quasi so an den Berg geschmiegt.

Wir bekommen Gesellschaft aus der Heimat. Die Freundin von Peter, Susi, hat am Tag zuvor ihren Moppedschein gemacht und sich gleich ins Weserbergland getraut. Wir feiern ihren Mut gebührend.

Am nächsten Morgen wollen wir gemeinsam die Gegend erkunden, die beiden Männer voran, dann Susi, dann ich. Wir sind recht flott unterwegs und ich bewundere aufrichtig ihr Naturtalent. Bis wir eine Rauchpause einlegen!

Susi hat kaum ihren Helm abgenommen, da faltet sie ihren Freund nach allen Regeln der Kunst zusammen. Ob er total bescheuert sei, sie in diesem Affentempo durchs Gebirge zu scheuchen??? Sie ist fix und fertig und stinksauer! Nun, die Situation kommt mir bekannt vor.

Um das Wochenende nicht zum Desaster ausarten zu lassen, schlage ich vor, die beiden Männer losbrettern zu lassen und wir beide gemütlich hinterher, um uns im flachen Wesertal wieder zu treffen.

Aller Anfang ist tatsächlich schwer.

Abends in der hauseigenen Kneipe. Mitten im Abfeiern tritt einer der Besitzer, Stefan, an mich heran mit einer Idee. Mein Hase sichert seine geliebte Maschine immer mit einem Bremsscheibenschloss ab, obwohl das auf dem Hof der Villa nun wirklich nicht nötig ist.

Stefan besitzt genau das gleiche Schloss. Ich soll den Schlüssel von Hases Schloss an mich bringen und gegen den Schlüssel von Stefan austauschen.

Klasse Idee!

Gesagt, getan.

Aber, ermahne ich ihn, der Spaß darf nicht allzu lange dauern, da wir ja nach Hause müssen. Am nächsten Morgen die übliche Abschiedszeremonie.

Überall wird gepackt und verschnürt, werden noch schnell Adressen ausgetauscht – sofern man sich nach dem Gelage der vergangenen Nacht noch wiedererkennt – und bei den Gruppen mit Ducatifahrern schließen wir Wetten ab, wann die wohl loskommen. Das läuft dann wie folgt ab: alle sitzen auf, die Motoren dröhnen los – nur eine nicht! Alles steigt wieder ab, Helm runter, Werkzeug ausgepackt und dann wird erst mal geschraubt. Wenn ich in so einer Gruppe wäre, müsste der Dukatist schon seit einer halben Stunde auf dem laufenden Bock sitzen, bevor ich überhaupt Anstalten mache, meinen Helm aufzusetzen.

Mein Mann denkt sogar daran, das Bremsscheibenschloss zu entfernen (er wäre nicht der erste, der das vergisst; man merkt es allerdings recht schnell .....), geht aber nicht, aus bekannten Gründen! Nach einigem Gefluche herrscht Ratlosigkeit, die in Panik umschlägt. Der Einsatz einer Flex wird in Erwägung gezogen.

Inzwischen hat sich eine kleine Menschenmenge um uns gebildet, die nicht mit guten Ratschlägen spart. Mann hat Schweißperlen auf der Stirn, kein gutes Zeichen, und auch ich gerate ins Schwitzen, denn wo bleibt Stefan??? Ich versuche, meinen

Gatten zu beruhigen, indem ich immer wieder darauf hinweise, auf Stefan zu warten, der wisse sicher eine Lösung. Er tut mir schon richtig Leid. Endlich, endlich kommt der Initiator dieses Streiches, hört sich die Geschichte an, bückt sich, begutachtet und fummelt herum – und öffnet das Schloss.

Hase fällt ihm vor Dankbarkeit schluchzend um den Hals. Dann geht Stefan zu seiner Garage und taucht Schloss schwenkend und grinsend wieder auf. Langsam dämmert meinem Liebsten, dass er übel vorgeführt wurde. Die Dankbarkeit schlägt um und er droht Stefan mit Heimunterbringung. Aber dann muss er doch in das allgemeine Gelächter einstimmen und als Entschädigung lade ich ihn unterwegs in ein sündhaft teures Restaurant ein. Über einem üppig und fantasievoll dekoriertem Matjesteller verzeiht er mir dann auch mein Mitwirken an der „Schlossarie", obwohl er noch immer etwas fassungslos ist, wie ich ihm das antun konnte.

An diesem Wochenende hatten wir auch Speichen-Dieter kennen gelernt, einen ziemlich verwarzten Typ mit Steckdosenfrisur, der nachdenklich auf dem Hof vor seinem Motorrad herumstand.

An den Wochenenden versammeln sich dort so an die 200 Maschinen und es ist immer interessant, einen Rundgang zu machen und alle zu begutachten.

Dabei fallen oft die Skandinavier auf, die auf der Durchreise sind, und wir beneiden sie um ihre Länder ohne TÜV.

Als wir so neben ihm stehen und auch gucken, sagt er auf einmal: "Sieht sie nicht beschissen aus?" Nun enthält man sich normalerweise irgendwelcher negativer Kommentare, wenn die Besitzer in der Nähe sind, da denkt man dann höchstens mal an Begriffe wie „fahrbare Küchenzeile" bei einer bestimmten deutschen Marke.

Gott schütze uns vor Sturm und Wind und Moppeds, die aus Deutschland sind.

Ich weiß, das ist ein bisschen fies.

Wir schweigen also vorsichtshalber, bis er fortfährt: „Seht ihr die Vogelkacke?"

Tatsächlich, mitten auf dem Sitz ein fetter Klacks. Scherzkeks! Trotzdem drehen wir zusammen eine Runde und in den Pausen erzählt er uns aus einem schier unerschöpflichen Repertoire Witze nonstop. Dafür muss man auch eine Begabung haben und er war ein Naturtalent! Ich hatte Bauchweh vor Lachen!

Hier eine kleine Kostprobe:

George W. Bush stirbt und kommt in die Hölle. Der Teufel wartet schon auf ihn und sagt: " Hier bist du richtig, aber die Hölle ist zur Zeit überfüllt.

Ich muss einen der Sünder, der nicht so viel auf dem Kerbholz hat wie du, entlassen."

Er öffnet eine Tür, dahinter ist ein Swimming-Pool, in welchem Ronald Reagan ohne Unterlass ein- und auftaucht. „Nein", sagt Bush, „das ist nichts für mich, ich kann gar nicht schwimmen."

Der Teufel öffnet die nächste Tür. Richard Nixon hackt unablässig Steine von einem Felsen.

„Oh, nein!", sagt W., „das geht mit meiner Schulter nun gar nicht!"

Die dritte Tür wird geöffnet. Da liegt Bill Clinton nackt auf einem Bett, an allen vieren gefesselt und Monica ist über ihn gebeugt ....

„Ja", reibt sich Georgie die Hände, „das wäre was für mich!"

Sagt der Teufel: „O.k., Monica, du kannst jetzt gehen."

Eigenartig, es gibt kaum Witze aus der Motorradszene oder bin ich nur schlecht informiert? Vielleicht sollte ich mal im Lexikon des deutschen Humors nachschlagen, sind ja nur ein paar Seiten. Hier ist jedenfalls einer der wenigen, die ich kenne:

Zwei Typen fahren im Winter auf einem Motorrad durch die Gegend. Es ist saukalt und es weht ein scharfer Wind. Bei einer Pinkelpause hat der Fahrer die Idee, seine Jacke verkehrt herum anzuziehen, damit es nicht so durchzieht. Sie fahren weiter und bauen einen Unfall. Als der

Sozius wieder zu sich kommt, stehen schon einige Helfer um ihn herum. Seine erste bange Frage gilt seinem Kumpel. „Na ja," meint einer der Umstehenden, „erst ging's ihm noch ganz gut, aber nachdem ich ihm den Kopf richtig herumgedreht hatte, sagte er keinen Piep mehr."

O.k., kein Brüller.
Wenn ihr bessere kennt – immer her damit!

Hey, im Internet habe ich zufällig unter dem Stichwort „Märchen" (wer hätte da nun nachgesehen?) noch einen gefunden:

Bär und Hase

In einem großen, dunklen Wald lebte ein großer, dicker Bär, der oft sauschlechte Laune hatte, weil er zu wenig Sex hatte.

Und immer, wenn er schlechte Laune hatte, jagte er den kleinen, cleveren Hasen.

Und immer, wenn er ihn in die Finger bekam, gab es richtig dick aufs Maul.

Als der Bär mal wieder hinter dem Hasen her war, sprang ein Zauberfrosch aus dem Gebüsch und rief: „Hört auf, ihr habt jeder drei Wünsche frei!"

Der Bär wünschte sich: „Alle Bären, außer mir, in unserem Wald sollen weiblich sein."

Und so geschah es.

Der Hase sagte: “Ich wünsche mir einen Motorradhelm, dann tut’s nicht so weh, wenn ich aufs Maul kriege.“ Auch dies erfüllte sich.

Jetzt war wieder der Bär dran: „Ich wünsche mir, dass auch alle Bären im Nachbarwald weiblich sind.“ Und so war es.

Der Hase: „Ich wünsche mir ein schnelles Motorrad, damit der Bär mich nicht mehr kriegt.“

Zack, saß er auf einer Fireblade.

Der Bär: „Ich wünsche mir, dass alle Bären auf der Welt weiblich sind.“

„Willst du noch ein Paar Stiefel fürs Motorradfahren?“ fragte der Frosch den Hasen.

„Nee“, sagte der clevere Hase, „ich wünsche mir, dass der Bär schwul ist.“

Setzte seinen Helm auf und brauste davon.

Den Heimweg traten wir gemeinsam an, da Dieters Wohnort auf unserer Strecke lag.

Er lud uns dann auf eine Erfrischung in seinen Garten ein und nach seinem schon erwähnten Äußeren war ich auf das Schlimmste gefasst. Uns traf fast der Schlag – Haus und Garten wie aus dem Laden und seine Werkstatt beschämte jeden OP!

Wieder einmal was zum Thema Vorurteile gelernt.

Motorrad und Frisur

Von Anfang an bekam ich das Problem Helm und Haare nicht in den Griff.

Gottlob verfüge ich über viele, aber glatte und feine Haare. Während andere Frauen nach Abnahme des Helmes wie frisch geföhnt aussahen, glich meine Haarpracht eher einem aufgeplatzten Kopfkissen.

Ich habe alles ausprobiert, vom lila (zum Entsetzen meines Gatterichs) Igel bis zum Afrolook (wegen der Fülle, stand mir gar nicht). Dann habe ich sie einfach wachsen lassen und verfüge nun über einen langen Zopf, das sieht ganz o.k. aus. Außerdem brauche ich auf Landstraßen nicht mehr auf den Geschwindigkeitsmesser zu peilen, ab 130 fängt er (der Zopf) an, ganz eigen auf meinen Rücken zu klopfen.

Das hört sich jetzt so verwegen an, aber tatsächlich habe ich oft Hemmungen, sehr viel schneller als erlaubt über die Landstraßen zu düsen. Eine Tatsache, die Männer auch überhaupt nicht nachvollziehen können. Liegt das vielleicht an meiner exklusiven Erziehung bei den Nonnen, den Ursulinen? Motto: „Das tut ein Mädchen nicht!"

Inzwischen sind die auch nicht mehr so konservativ, vermute ich mal nach all den Jahrzehnten. Es war/ist ein reines Mädchengymnasium und wir durften keine Hosen tragen, nur im Winter, aber dann mussten wir einen Rock (!) darüber ziehen. So machten wir dann immer noch einen mädchenhaften Eindruck, aber wie sah das aus!

Da ich gerade von zerknüllt spreche – hier noch ein heißer Tipp für den Transport der Oberbekleidung. Ich habe mir eine Plastikdose mit Deckel, Maße 36x26x14 zugelegt, die eigentlich zum Aufgehen von Hefeteig und dergl. gedacht ist. Diese passt querschnittsmäßig genau in die Packrolle, dazwischen kann man alles Unempfindliche stopfen.

In die Dose packe ich die T-Shirts und sehe selbst kurz nach Ankunft und Wechsel in die Zivilklamotten aus wie aus dem Laden.

Eine Bekannte hat einen anderen Lösungsansatz: sie schleppt immer ein Reisebügeleisen mit und während ich schon beim ersten Bierchen sitze und feiere, schwingt sie noch selbiges.

19.8.93

Da waren wir in Karlsbad/Tschechoslowakei. Ich weiß das Datum deshalb so genau, weil wir ein Foto von einem Blumenbeet vor dem dortigen Rathaus haben. Das Datum wurde aus weißen Fleißigen Lieschen gebildet und natürlich jeden Morgen aktualisiert. Die prächtigen und teilweise renovierten Bauten aus der Kaiserzeit sind wirklich sehenswert. Und erst die Preise!

Wir hatten im Café Elefant, Stará Lonka 30, eine Kleinigkeit gegessen und getrunken und dachten erst, die hätten sich verrechnet. Der Betrag schien auch aus der Vorkriegszeit zu stammen. Wir hätten zu diesen Bedingungen gerne mehr verzehrt, machten uns aber Sorgen wegen unserer deutschen Motorräder auf einem tschechischen Parkplatz.

Gab es Gemeinsamkeiten mit Polen? (Achtung! Vorurteil!) Aber da standen sie unversehrt und alles dran, allerdings fanden wir die Blicke, die uns zugeworfen wurden, unangenehm neidisch.

London

Schon mal London besucht? Nein? Unbedingt nachholen!!!! Fasziniert neben den ganzen Sehenswürdigkeiten haben mich die Motorradkuriere: junge Burschen, die in einem irren Tempo und mit viel Geschick durch den Wahnsinn, den man Londoner Verkehr nennt, toben, um ihre Aufträge erledigen. Ich habe einige Zeit damit zugebracht, sie vom Bordstein aus zu beobachten. An den Bankhäusern sind außen Schilder angebracht, die die Kuriere auffordern „Helm ab“, very british!

Gut gefallen haben mir auch die Demonstranten am Hyde Park mit ihren Schildern „Tony Bliar“. Muss ich das verklickern? Siehe Anhang. Ein Wortspiel, wie es nur im Englischen möglich ist.

Noch ein Beispiel?

The 6 is afraid of the 7. Why? Because 7 8 9 !

(Kleiner Tipp: unregelmäßige Verben auffrischen!)

Beim Einchecken zum Rückflug. Meine Tasche wird durchleuchtet, auf dem Bildschirm ein eigenartiger Gegenstand. Misstrauisch werde ich dazu befragt.

Auch ich bin verwirrt, was ist das??? Da kommt mir die Erleuchtung:

„My new garlic press from Harrods!“ Ein etwas massives blaues Teil aus Gusseisen. Gelächter bei den Umstehenden und sogar das uniformierte Pokerface muss grinsen.

Manchmal finde ich die Vorsichtsmaßnahmen auch etwas übertrieben. Eine Freundin wurde mal beim Einchecken um ihre Nagelschere gebracht. Ich glaube ja eher, dass die Nagelscherenindustrie dahinter steckt.

Fliegt eine Frau – sagen wir für 3 Wochen – in den Urlaub, benötigt sie bald eine Nagelschere. Na, dämmert's? Genau, sie kauft vor Ort eine neue.

Reine Umsatzförderungsmaßnahme also, erhält allerdings Arbeitsplätze und ist damit ein ausreichendes Motiv für Maßnahmen aller Art.

Möchte mal wissen, was eigentlich mit den ganzen am Flughafen konfiszierten Gegenständen passiert. Finanzieren die mit dem Verkauf derselbigen ihre Rollbahnen? Oder schmelzen sie das Zeug ein, um daraus Flugzeugteile zu basteln wie in der Werbung „Ich war eine Dose“?

noch mal Chat

Ein weiteres TV-Format, das Hase und ich zusammen genießen, ist die Übertragung des Motorrad-Grand Prix. Einmal so fahren können, wie der letzte im Feld!

Obwohl Frauen in der Szene nun gar kein Bein auf die Raste kriegen, wieso eigentlich nicht? Hat das etwa wieder was mit dem Mutterschutzgesetz zu tun?

Schreckt das die Investoren und Sponsoren ab? Obwohl, Katja Poensgen hat es ja ein paar Mal geschafft, sich zu qualifizieren. Hab mich mit Hase fast in die Wolle gekriegt wegen seiner Lästerei von wegen, immer auf den letzten Plätzen unterwegs. ER würde nicht mal das schaffen!

Aufgefallen ist mir, dass es auch keine türkischen und schwarzen Piloten in dem Rennzirkus gibt.

Allein das Wort „Pilot“ – sagt außer den Deutschen kein Mensch in dem Zusammenhang!

Manchmal chatte ich nachts just for fun und dann und wann lerne ich richtig nette Leute kennen, oft im Chatroom 50+, die sind etwas niveauvoller.

Einer fiel mir auf mit dem Nickname „Norik“ und tatsächlich schickte er mir ein Tele (ich erwähnte schon mein attraktives, mit Bedacht ausgewähltes Pseudonym).

Nachdem ich ihn gefragt hatte, ob er ein Fan von Abe (Norik Abe, japanischer GP-Fahrer) sei, herrschte Funkstille und ich dachte schon, er wäre in den nächsten Room weitergewandert. Aber nein, er war nur etwas schockiert über mein Insiderwissen.

Mit meiner Vermutung lag ich richtig, auch damit, dass er selber Motorradfahrer ist.

An einem bestimmten Punkt kommt dann meistens die Frage nach dem Alter und ob frau verheiratet ist. Den ersten Teil umgehe ich elegant, den zweiten Teil beantworte ich mit „sehr“. Spätestens dann trennt sich die Spreu vom Weizen. Wer dann noch dableibt, will wirklich nur noch „nett chatten“.

Perfektionstraining

Diesmal machen Hase und ich gemeinsam ein organisiertes Training auf dem Nürburgring – drei Tage Mopped pur.

Stolz klebe ich eine „14“ auf die Windschutzscheibe und fühle mich wie eine echte Racerin.

Natürlich fahren wir in verschiedenen Gruppen, sortiert nach Männlein, Weiblein und sowieso.

Hases Instruktor ist auch ein Professor und es wird gemunkelt, er sei weit über 70.

Aber fahren kann der Mann – Wahnsinn!

Bei der Abschiedsfete spricht er sich sehr lobend über meinen Liebsten aus: der Älteste mit der geringsten Erfahrung, der die besten Fortschritte gemacht hat, nur Superlative! Das hat ihn natürlich mächtig gefreut.

Für mich gibt's keine Lobeshymnen, habe mich ja auch nicht besonders hervorgetan.

Ich bin schon einfach froh, heil über die Runden gekommen zu sein, da ich mir den Streckenplan vor lauter Aufregung nicht merken kann.

Dieser war uns vorher zum Selbststudium zugeschickt worden und ich hatte wirklich versucht, ihn mir einzuprägen, so, wie die Profis das machen. Nur ein paar der netten Bezeichnungen wie Schwedenkreuz, Fuchsröhre und Pflanzgarten waren hängen geblieben, dazu konnte ich irgendwie eine Beziehung aufbauen. Und natürlich das Kesselchen, siehe Frauentraining.

Detailliert war beschrieben worden, wie die einzelnen Abschnitte zu bewältigen sind. Da war die Rede von Ablösepunkt, Kurve hinterstechen(??) und Scheitelpunkt, viel Theorie.

Ich bin mehr so der learning-by-doing Typ.

Eingeschüchtert hat mich v. a. die Optik in der Sektion Metzgesfeld-Breidscheid (später noch mal nachgelesen) mit rund 150 m Höhenunterschied auf 2 km. Uiii, wenn frau da so bergab düsen muss, da pocht's ordentlich im Hals. Da hatte ich noch die Phase „Oh Gott, eine Kurve!"

Ganz zu schweigen von 17% Steigung an der Quiddelbacher Höhe und 11% Gefälle an der Fuchsröhre.

Aber auch Männer hatten so ihre Probleme.

Einer hatte sich wohl überschätzt, wodurch ihm übel wurde und er sich in seinen Helm übergeben musste. Da nun die Sicht behindert (igittt!) war, kam er von der Strecke ab und landete zum Glück in einer Auslaufwiese, ohne Verletzungen. Das Moped war allerdings etwas ramponiert und einen neuen Helm brauchte er sicher auch.

Da hatte er wohl beim mentalen Training nicht aufgepasst. Damit ging's jeden Morgen los:

Hände locker, ebenso Bauchdecke, Mund und Unterkiefer – alles locker! Nicht mit den Zähnen bremsen (auf die Idee wäre ich nun nicht gekommen, wo ich doch so eine tolle Nissin-Bremse habe), mit dem A... fahren, na ja, offiziell heißt das „tief reinsetzen“. Aha.

Zum Abschluss gibt’s dann noch ’ne schöne Urkunde ”... mit Erfolg teilgenommen“. Na, bitte.

Der Unfall

Während ich so vor mich hinschreibe und die Gedanken schneller sind als meine Finger, merke ich, dass ich um ein bestimmtes Thema wie die Katze um den heißen Brei schleiche.

Wir hatten 2 Monate zuvor mit der x. Methode (geheimnisvolle Beschwörungsformeln bei einem Heilpraktiker) mit dem Rauchen aufgehört. Wir waren leider starke Raucher und es fiel uns nicht leicht. Wie Mark Twain es einmal formulierte: „Aufhören ist ganz einfach, ich hab's schon 1000 mal gemacht."

Dadurch war die Stimmung etwas gereizt und wir sprachen an dem Tag nur noch das Nötigste miteinander. Am Morgen waren wir zu einer kleinen Übungsstrecke aufgebrochen, wo ein paar Bekannte bei einem clubinternen Rennen ihre Fahrkünste demonstrieren wollten. Hase muss schon eine Vorahnung gehabt haben, denn er zog nicht seine Kombi, sondern seine andere Lederhose an und wir wollten auch nur zugucken.

Und tatsächlich haben sich auch zwei hingelegt, das wird teuer!

Gegen 16.00 brechen wir mit zwei Bekannten auf in Richtung Heimat, um noch ein bisschen im Garten zu relaxen. Die beiden vorne weg, dann ich, dann Hase (mit dem ich mich inzwischen wieder vertragen hatte). Bei Gruppenfahrten bin ich eigentlich lieber das Schlusslicht. Das ist mir lieber, als diese Rennfahrer im Nacken zu haben und außerdem würden die so wie so nie hinter einer Frau herfahren, wo kommen wir denn da hin?

Wir lassen die 30er Zone genannt „Friedrichsruh“ hinter uns. Es geht leicht bergauf und dann kommt eine etwas fiese Kurve, die nicht umsonst mit einer Leitplanke bestückt ist.

Die beiden Kumpel haben schon wieder ordentlich am Gas gezogen und sind weit voraus.

Auch ich will gerade beschleunigen, als plötzlich der Hase an mir vorbeizieht, und dann geht alles ganz schnell. Es kracht ganz fürchterlich, etwas Silbernes blitzt auf und ich sehe zwei Beine quer zur Fahrbahn liegen und mein einziger Gedanke ist, bloß nicht drüber fahren. Irgendwie kann ich ausweichen und zum Glück ist trotz regen Ausflugsverkehrs gerade kein Gegenverkehr auf der schmalen Straße. Ich stelle mein Mopped ab und renne zurück und er liegt immer noch da! Er ist bei Bewusstsein, stöhnt aber ganz fürchterlich, sein rechtes Bein bildet einen merkwürdigen Winkel, desgleichen seine rechte Hand. Ganz vorsichtig nehme ich seinen Helm ab und knie mich hinter ihn, um seinen Kopf zu halten. Inzwischen hatten zwei hinter uns fahrende Motorradfahrer die Sache in die Hand genommen – über Handy Polizei und Krankenwagen gerufen – und regelten den Verkehr, der sich mittlerweile staute. Es war alles so unwirklich!

Unsere beiden Kumpel hatten uns inzwischen vermisst und waren wieder umgekehrt. Sie waren auch ziemlich schockiert. Endlich, nach einer halben Ewigkeit, kamen der Krankenwagen und der Notarzt.

Die Details lasse ich lieber, nur so viel: das Bein musste noch vor Ort aus medizinischen Gründen gerichtet werden, bei fast vollem Bewusstsein, da das Beruhigungsmittel noch nicht wirkte. Vielleicht weiß der eine oder andere aus leidvoller Erfahrung, was das bedeutet.

Im Krankenhaus wartete ich, bis alle Voruntersuchungen, Röntgenbilder und Formulare beisammen waren und er in den OP geschoben wurde.

Als mir das, was von seinen Ledersachen noch übrig geblieben war (warum hatte er bloß die Kombi mit den Protektoren nicht angezogen) überreicht wurde, brach ich regelrecht zusammen. Heulend stieg ich ins Taxi und fuhr nach Hause.

Nach endlosen 4 Stunden voller Angst rief gegen Mitternacht der Professor persönlich an und teilte mir mit, dass die OP gut verlaufen sei und es ihm den Umständen entsprechend gut ginge.

Als ich aus dem Krankenhaus nach Hause gekommen war, stand mein Motorrad, das ich ja an der Unfallstelle zurücklassen musste, nebst Helm schon in unserem Carport!

Unsere beiden Kumpel hatten sich darum gekümmert, fand ich ganz toll.

Später wollten wir uns auch bei den beiden fremden Motorradfahrern bedanken, aber aus Datenschutzgründen hat uns die Polizei ihre Namen nicht genannt. Falls sie dieses je lesen sollten und sich erinnern: wir danken euch ganz herzlich!

In der Nacht fing ich wieder an zu rauchen.

Am nächsten Morgen besuchte ich ihn auf der Intensivstation.

Er war schon ansprechbar und hatte gerade Besuch von einem Geistlichen, da es ein katholisches Krankenhaus war (aber nicht wegen der letzten Ölung). Ich traute kaum meinen Ohren – mein Hase machte Anstalten, dem netten älteren Herrn einen der übelsten Witze über das Beichtwesen zu erzählen! Was für Abgründe taten sich da auf! Ich habe ihn aber schnell zum Schweigen gebracht, allerdings glaubt er mir dieses Vorkommnis bis heute nicht.

Wie sich herausstellte, war eigentlich alles einmal ringsum gebrochen, bis auf sein Genick (und die zügellose Zunge). Der Trümmerbruch im rechten Oberschenkel war das Schlimmste.

Wie der Prof sich später ausdrückte: als wenn man eine Porzellantasse auf die Fliesen fallen lässt. Aber er hatte ein kleines Wunder vollbracht und heute, nach 2 Jahren, watschelt mein Herzblatt nur noch leicht wie eine Ente, da das Bein 1,5 cm kürzer geworden ist. Alles ist gut verheilt und er hat trotzdem allem ein mordsmäßiges Glück gehabt.

Was er alles an Geschichten während seines monatelangen Aufenthaltes zu hören bekam! Eine Frau hatte einen ganz üblen Knöchelbruch. Was war passiert? Sie war im Dunklen noch mal mit ihrem Dackel Gassi gehen, war auf einer Nacktschnecke ausgerutscht und schon hatte es im Gelenk gekracht!

Gar nicht zu reden von den ganzen betagten Herren, die unbedingt auf einer Leiter herumturnen mussten, um den letzten Apfel zu ergattern und diesen Leichtsinn mit Brüchen aller Art bezahlen mussten.

Eine menschliche Begegnung der netten Art war der Besuch eines vollkommen fremden Motorradfahrers. Er hatte in den lokalen Moppedkreisen von Hases Unfall gehört und kam nach der Arbeit vorbei, um zu sehen, wie es ihm geht. Und zwar aus dem schlichten Grund, weil er das gleiche Modell fuhr.

So definiert man Solidarität und das gibt's wohl nur unter Motorradfahrern oder kann man sich vorstellen, dass ein Mercedesfahrer einen anderen ....

Hase war schon einmal zum Gegenstand der Szenegespräche geworden. Sein Motorrad hatte damals im Schaufenster gestanden und war schon etwas Besonderes. Nachdem sie in seinen Besitz übergegangen war, hieß es, ein Opa habe die Mille gekauft.

Nun war er bekannt als der Opa, der seine Mille weggeschmissen hat ....

Sie war als solche kaum noch zu erkennen und musste mit Hilfe eines Flaschenzuges aus der Leitplanke gezerrt werden. Dieser fehlten 2 Pfosten, einfach weggesäbelt, der Aufprall muss enorm gewesen sein.

4 Monate, den Rest dieses ansonsten schönen Sommers und Anfang eines milden Herbstes, verbrachte er dann in der Klinik, hauptsächlich im Patientengarten, was die Sache etwas erträglicher machte. Ich konnte auch schon mal Rollstuhlschieben üben. An den Wochenenden holte ich ihn heimlich nach Hause und wir unternahmen kleine Ausflüge in die Umgebung, ungewohnterweise ich am Steuer, aber er enthielt sich dezent aller Kommentare über meine Fahrkünste. Das war sehr weise von ihm, sonst hätte ich ihn im Krankenhaus schmoren lassen!

Aber alles hat einmal ein Ende und ich konnte ihn nebst Rollstuhl abholen.

Die nächsten Wochen waren ziemlich beschwerlich, zumal unser altes Häuschen alles andere als behindertengerecht ist. Zeitweilig „arbeiteten" wir mit zwei Rollstühlen. Mit dem faltbaren für unterwegs kam er nicht durch die WC – Tür, also besorgten wir uns aus dem Krankenhaus so eine fahrbare Kloschüssel, mit der er dann über unsere eigene Klobrille rollen konnte. Einkaufen war immer ein ziemlicher Akt, aber seine einzige Abwechslung. Da haben wir erst nachvollziehen können, wie beschwerlich das Leben für Rollstuhlfahrer ist und waren ganz entrüstet über Leute, die sich frecherweise und ohne Lizenz zum Parken einfach auf die Behindertenplätze stellten.

Na ja, man selber hatte früher ja auch mal nach stundenlanger Suche mit einem dieser – übrigens immer freien Parkplätze – geliebäugelt, wenn's nicht so teuer wäre, erwischt zu werden.

Einmal machten wir einen Ausflug und wollten in einem idyllisch gelegenen Schlossrestaurant einkehren, aber es scheiterte daran, dass er die Örtlichkeiten nicht benutzen konnte. Unser einziger Trost war die Gewissheit, dass es nur temporär sein würde. Dann folgten 2 Krücken, später nur noch eine und dank ambulanter Reha ging es langsam bergauf.

Wir haben versucht, den Unfall zu rekonstruieren, aber es ist immer noch ein Rätsel. Die Werkstatt stellte fest, dass der 2. Gang noch eingelegt war, vielleicht hatte er sich beim Beschleunigen verschaltet und das Hinterrad hatte blockiert, jedenfalls war er knapp an mir vorbeigerauscht und mit der rechten Seite in die Leitplanke gekracht und auf die Straße zurück geschleudert worden.

Noch im Krankenhaus wälzte er Moppedkataloge, denn eins war klar, wenn irgendwie machbar, würde er wieder fahren.

Ich war in dem Sommer nur noch zwei Mal und mit sehr gemischten Gefühlen unterwegs gewesen.

Oschersleben

Zwei Jahre später war es dann so weit.

Direkter Anlass für den Kauf eines neuen Motorrades war mein Geburtstagsgeschenk für Hase.

Da das Äkschen-Paket für Dresden so ein Volltreffer gewesen war, dachte ich mir diesmal eine Kombination aus Superbike (Europa-Meisterschaft Motorrad) auf der Rennstrecke in Oschersleben + nettes Hotel aus.

Seit ich dort mal per E-Mail um eine Auskunft gebeten hatte, bin ich bei den Veranstaltern registriert und bekomme immer die Event-Flyers zugeschickt: „Buchen Sie die Pole Position!“ Mach’ ich.

Das Rennen fand zwar erst im Mai statt, aber ab Januar hing ich schon am Telefon, weil ich unbedingt Plätze in der Westkurve haben wollte.

Am liebsten hätte ich in dem Hotel direkt an der Rennstrecke mit Blick auf dieselbige ein Zimmer gebucht, aber es war schon lange mit den Profis und ihrer Entourage belegt. Ich fand etwas anderes Schönes – einen ehemaligen Herrensitz – übers Internet, ca. 10 km entfernt.

Nun fährt man nicht zum Rennen nach Oschersleben im Auto, also musste ein Bike her. Mithilfe des Krankenhaustagegeldes (welche Ironie) konnte er sich eine neue Maschine leisten, eine

600RR. Außerdem hatte ihm Motorrad Pabst in Hamburg einen attraktiven Preis gemacht.

Die gewünschten Plätze an der Rennstrecke waren klasse mit guter Übersicht über diverse Kurven und wenn das Fahrerfeld wenige Meter an uns vorbeidonnerte, vibrierte es im Bauch, als stünde man vor einer 1000 Watt-Box!

Ein tolles Wochenende – und es hat nicht geregnet.

Das war übrigens schon das zweite Mal, dass wir Oschersleben aufsuchten.

Kurz nach der Eröffnung der Rennstrecke waren wir schon mal da gewesen.

Es hatte uns gut gefallen, da alles so locker zuging, fast schon familiär.

Als Belohnung für ihren Besuch durften alle, die wollten (und wir wollten!), im Konvoi und Schritttempo mal um den Kurs fahren.

Bei all dieser Herumfahrerei wird das Motorrad natürlich auch schmutzig.

Das Putzen und Warten ist nicht so mein Ding, sondern Aufgabe meines Herzblattes, aber sooo ungern macht er das auch wieder nicht. Dafür nähe ich ihm seine Knöpfe an und erledige die Steuererklärung. Jeder, was er/sie am besten kann.

Jetzt plaudere ich mal aus dem Nähkästchen: er hatte mal in einer 90° Kurve einen harmlosen Sturz (zu schnell gewesen, wie so oft), aber die rechte Seite hatte was abbekommen und die Blinker waren abgesäbelt. Nun, so kleinere Reparaturen macht der Mann selber. Er bockt also seine Maschine im Carport auf, erledigt die Reparaturen, entbockt sie wieder und muss zugucken, wie sie nunmehr auf die linke Seite knallt – vergessen, den Seitenständer auszuklappen!

Noch mehr zu reparieren, aber weil er ja schon rechts geübt hatte, war links nun kein Problem mehr.

Alpen

Was mich nun gar nicht reizt, obwohl viele davon schwärmen, sind die Alpen.

Ein Grund ist meine Höhenangst, schon wenn ich Fotos von diesen sagenhaften Touren sehe, wird mir ganz schwindelig.

Und ganz ungefährlich ist es auch nicht. Autofahrer berichten mir von entgegen kommenden Racern, deren obere Körperhälften bedenklich über der Mittellinie hängen.

Und am Wochenende müssten die Alpen eigentlich wegen Überfüllung geschlossen werden. Nein, das ist nichts für mich.

Genau so wenig wie Amerika. Mit einer Harley über die endlosen Highways zuckeln kann ich mir nicht gut vorstellen. Vielleicht mal in einem dieser komfortablen Motorhomes, wenn ich alt und (ganz) grau bin.

Außerdem habe ich keine Lust auf Leute, für die der Harald-Töpfer-Band „Harry Potter und der Stein des Philosophen“ vereinfacht werden musste zu „H. P. und der Stein des Weisen“, nur, um sie nicht vom Kauf abzuschrecken.

Gut, die Landschaften sind teilweise einmalig, aber wenn das Wetter mitmacht, hat Deutschland auch vieles zu bieten. Auch in manchen heimischen Gebieten findet so was wie ein Indian Summer statt, mal genau hingucken! Im nächsten Herbst werde ich hier bei uns Fotos machen und

„New-England“ darunter schreiben und jeder wird’s glauben!

Und warum kommen wohl betuchte Amerikaner nach good old Germany? Genau, um hier mal ungebremst über unsere Motorways zu heizen!

Während ich so in Erinnerungen schwelge, kommt die Nachricht von den Anschlägen in London, einer meiner Lieblingsstädte! Ich bin erschüttert, den ganzen Tag lang läuft der Fernseher für die Sondersendungen. Mir wird mulmig, haben eine Freundin vom Englisch-Stammtisch und ich doch für August gebucht und uns riesig darauf gefreut.

Bei aller Anteilnahme kommen mir komische Gedanken in den Kopf. Was machen die Menschen, die stundenlang in den U-Bahn-Wagen eingesperrt sind, wenn sie irgendwann alle mal müssen? Solche Fragen werden in den Berichten natürlich nicht beantwortet und wahrscheinlich ist das von mir ziemlich daneben, so etwas zu denken. Das muss die Pragmatikerin in mir sein.

Und dann kommt Angelas Kommentar, plappert alles nach, was Tony schon von sich gegeben hat, fast wortwörtlich. Hat die Frau keinen eigenen Kopf? Und so was soll ich wählen?

Es gibt ja Frauen, die würden sie zum Kanzler nehmen, nur weil sie weiblichen Geschlechtes ist. Also, ich bin ja auch eine alte Emanze, aber das ist für mich keine ausreichende Qualifikation.

Aber ich schweife mal wieder ab.

Kürzlich waren wir endlich mal in Schwerin, um uns das Schloss anzusehen. Zufällig war 7. Schlossfest mit allem Drum und Dran. Es war ordentlich was los, aber Parkplatzprobleme kennt unsereins ja nicht, rauf auf den Bürgersteig und rein in eine unauffällige Ecke.

Als wir zurückkamen, hatte sich die Anzahl der Maschinen vervielfacht. Das ist oft so.

Wo erst mal eine steht, gesellen sich weitere dazu. Der Mensch neigt zur Haufenbildung.

Das Schlosspersonal trug Kleidung um die Jahrhundertwende und mit einer Krenolinendame am Eingang kamen wir ins Gespräch. Wir fragten, ob wir nur so mal schnell einen Blick in die Gemächer werfen dürften, kostenlos natürlich. Ich kann mir nicht helfen, es muss was Motorrad bedingtes sein – wir durften.

Wir haben zwar keine komplette Besichtigung vorgenommen, aber doch einen guten Eindruck gewonnen. Wunderschöne Intarsienböden und Wand- und Deckenmalereien, allerdings etwas spärlich möbliert. Meine Vermutung, dass die Russen wohl alles über den Jordan haben gehen lassen, wurde von der netten Dame bestätigt.

Nach und nach tauchen aber einzelne Stücke wieder auf und werden durch Spenden angekauft. Beschämt entrichteten wir nachträglich unseren Eintritt.

So frönen wir nun wieder unserer liebsten Freizeitbeschäftigung, aber wir haben die Vereinbarung getroffen, dass er hinter mir herfährt.

Zum einen, damit ihn nicht wieder der Affe kratzt, zum anderen haben sich meine Fahrkünste zwischenzeitlich dergestalt entwickelt, dass ich im Gegensatz zu früher anerkennende Worte von ihm nach einer Ausfahrt zu hören bekomme.

Natürlich unterscheidet sich mein Fahrstil erheblich von dem der Kumpel, mit denen er früher herumgeheizt ist. Ist nicht so Adrenalin geschwängert, dafür kommen wir aber immer heil wieder zu Hause an.

Außerdem lernt er jetzt nach und nach auch mal die Gegend kennen, in der wir wohnen, die sich früher für ihn doch eher in Form eines grauen

Bandes durch die Landschaft darstellte („Das Gelbe vorhin? Das waren Rapsfelder, Schatz.")

Irgendwann hat es wohl bei mir klick gemacht, v. a. seit ich nicht mehr auf mein Vorderrad starre (auch alter Anfängerfehler), sondern tatsächlich meinen Blick weit vorausschicke, dorthin, wo ich hin will.

Manchmal, je nach Tagesform, hat er sogar Mühe, dran zu bleiben, allerdings nur auf den so genannten Hausstrecken, die ich schon fast im Schlaf kenne, z. B. nach Ratzeburg.

Dort ist ein Eiscafe mit sehr leckerem Eis und ein Motorradtreff.

Da habe ich auch tatsächlich mein einziges Knöllchen verpasst bekommen, weil ich mein Motorrad kurz im Halteverbot abgestellt hatte, um Hase zu suchen. Am Wochenende ist dort immer viel Betrieb, aber, wie schon erwähnt, läuft kontaktmäßig wenig. Man steigt ab, läuft Eis schleckend herum und guckt Moppeds und dann fährt man wieder los, um unterwegs wieder die Grüßtante abzugeben.

Ich versteh das nicht, vielleicht können mich mal LeserInnen aufklären.

Ansonsten tendiere ich eher zum defensiven Fahrstil und außer meinen beiden eher minimalen Crashs habe ich noch keinen Unfall gebaut.

Wenn ich jetzt so auf mein Manuskript zurückblicke, staune ich doch, was ich als Motorradfahrerin so alles erlebt habe. Ich bin überzeugt, dass mir dergleichen per Auto oder gar Flugzeug nie widerfahren wäre!

Apropos Manuskript – müsste heutzutage eigentlich Tastaskript heißen.

Gut, die Hände spielen noch eine Rolle, wie sie so über die Tasten fliegen erinnert das ans Klavierspielen, aber eigentlich hätte sie „Bullatur“ (lat. bulla – der Knopf) genannt werden müssen.

Wundere mich, dass in den Anfängen der Schreibmaschine die Dinger Tasten und nicht Knöpfe genannt wurden, sahen doch eher aus wie flache Knöppe.

Aber zurück zum Motorrad.

Also Mädels, selber ran an die Lenker, ihr versäumt sonst was! Und, wie ihr an meinem Beispiel seht, ist es nie zu spät, wobei ich keineswegs rekordverdächtig bin. Meine Instruktorin am Nürburgring, die auch Fahrlehrerin ist, erzählte mir, dass ihre älteste Schülerin 57 war!

Das waren meine 12 Jahre Motorradleben und ein Ende ist nicht abzusehen.

Vielleicht landen wir beide mal in einem Gespann (Ducati, knallrot, aber das werden wir uns als Rentner wohl nicht leisten können, es sei denn ...

siehe 2. Teil meiner Danksagung) und juckeln durch die Gegend, aber es ganz aufzugeben, das können wir uns beide noch nicht vorstellen.

Warum auch, wir haben mal am Nürburgring einen weißhaarigen Typen kennen gelernt, der dort neben seiner Ducati (und zwar kein Gespann) auf dem Parkplatz stand. Irgendwann konnten wir uns die Frage nach seinem Alter nicht mehr verkneifen. Baujahr 1924!

Genau wie meine Mutter, die ich mir nur schwer auf einem Feuerofen vorstellen kann.

Er meinte noch, seine Alterskollegen redeten ständig über Dackel, Kuren und die Apothekerzeitung, er führe lieber Motorrad, und seine blauen Augen funkelten in jugendlichem Feuer.

Das haben wir auch festgestellt, dass diese Fortbewegungsart jung und dynamisch hält, obwohl wir meistens die Gesichtsältesten sind. Viele unserer Motorradbekanntschaften könnten glatt meine Kinder sein.

Falls also meine Memoiren ein Bestseller werden sollten und ich mit entsprechenden Verträgen für weitere Werke überschüttet werde, gibt's vielleicht 'ne Fortsetzung.

Bis dahin – „Allzeit gute Fahrt!!!!!!!"

Anhang

SFin	Selbstfahrerin
Tony Bliar	wie bekannt, heißt er ja Blair. Durch Umstellen der Vokale erhält man (B)liar = Lügner
6 7 8 9	Die 6 hat Angst vor der 7 Warum? 7 8 9 7 eight/ate 9 (laut lesen!) Weil die 7 die 9 aß!
Auflösung Rätsel:	im Karussell!
Hauptreisfeld	auf japanisch: Honda

Für weitere Unklarheiten/Anregungen/Fragen hält sich die Autorin bereit.

Danksagungs-Update

Es war übrigens ziemlich arrogant von mir in meiner so genannten Danksagung zu behaupten, ich hätte alles allein gemacht.

Massive Unterstützung verschiedener Art erhielt ich von (in alphabetischer Reihenfolge ohne Wertung):

Anke, Frank, Judith und Regine

wofür ich mich ganz herzlich bedanke!